講談社文庫

母上は別式女

三國青葉

講談社

目次

母上は別式女

第一話　花見

1

「ほう、別式女《べっしきめ》か。女だてらに二本差しとはしゃらくさい」

浪人らしき男は、酒臭い息を吐きながらにやりと笑った。上総国《かずさのくに》五万石雨城藩《うじょう》で別式女筆頭をつとめる万里村巴《まりむらともえ》は、傍らに控えている下役の別式女に低い声でささやいた。

「ここは私が引き受けた。そなたらは、皆様を早うお逃がしせよ」

「しかし……」

下役の顔が泣き出しそうにゆがむ。巴はせいぜい不敵に見えるよう、わざとくちびるの端をつり上げ笑ってみせた。

「私を誰だと思うてか。さあ、行け！」

「何をこそこそ話しておるのだ。女はこれだからのう」

男は下卑《げび》た目つきで、巴を上から下まで眺《なが》めた。

「おぬしが俺のものになれば、許してやらぬこともない」

巴は無言で男を見つめ、静かに息を整えた。男は色が褪《あ》せて垢《あか》じみた黒の着流し姿だ。歳は巴と同じ、三十そこそこだと思われる。

酔ってはいるが、隙《すき》が無い。この男はかなり剣を遣う。そして、おそらく人を斬《き》るのに慣れている。

汚い仕事を引き受けて金を得ているのだろうか。すさんだ雰囲気を身にまとっていた。

仕方がなかったとはいえ、悪い男とかかわりを持ってしまったものだ……。巴はくちびるをかみしめた。

雨城藩の藩主各務斉俊《かがみなりとし》の妻子とお付きの女中たちは、この日、墨堤《ぼくてい》へお忍びで花見に来ていたのだった。護衛の別式女は巴を含めて六人。

幼い若君と姫君が喧嘩《けんか》になり、若君が姫君の毬《まり》を取り上げて蹴《け》った。その毬が転がって、酒徳利《さかどっくり》を倒し酒がこぼれてしまったと男は言い立てているが、真《まこと》であるかは疑わしい。

美しい毬が転がっていて、近くで着飾った武家の女子供《おんなこども》が花見をしている。護衛はどうやら女ばかり。

いちゃもんをつけて憂《う》さ晴《ば》らしをするには、格好な相手だと思われたのは想像に難くない。

「なんだ、その目つきは！　俺を馬鹿にしておるのか！」

突然、男が顔を真っ赤にしてわめく。途端に殺気が膨《ふく》れ上がった。

しまった！　酒乱か！　巴は総毛立つ。これは思いもよらぬこと。もはや相手は正気ではない。

男が刀を抜き、大上段に構える。巴は刀の鯉口《こいぐち》を切った。横目でちらりと見やる。各務家の面々は、まだ逃げおおせてはいない。

ここはやはり私が食い止めねば。巴がそう思った刹那《せつな》、男が刀を振り下ろした。見物人の誰かが「あっ！」と叫ぶ。巴は右に跳んで躱《かわ》しながら抜刀した。人々がどよめく。

やはり、本気で斬る気だ……。正気を失っている分、ためらいがないのだろう。生中《なまなか》な気持ちではやられてしまう。……来る！

再び斬撃《ざんげき》が巴を襲う。体を開き、かろうじて躱す。

そのまま横に跳ぶと見せかけておいて、一か八か逆に踏み込んだ。そのままの勢いで相手の脚《あし》を薙《な》ぐ。

男が地面に転がった。傷を押さえながらうめいている。

男が戦意を喪失したのを見届けて、巴は踵《きびす》を返した。そのまま脱兎《だっと》のごとく走り去る。

皆は無事に舟着き場へたどり着いたであろうか……。

2

雨城藩の上屋敷は小石川《こいしかわ》にある。花見の護衛を無事やり遂げた巴は、同じ敷地内の我が家へと向かった。

今日はさすがに疲れた……。歩きながらついた大きなため息には、安堵《あんど》とともに苦いものも混じっていた。

別式女というのは、大名家の奥を守る女武芸者のことである。別式女がいる藩は日の本で二十に満たずたいそう少ないが、雨城藩では、百五十年ほど前から存在している。

当時の藩主はたいそう武芸好きだったとのこと。そして、江戸の町で女武芸者として評判だった佐々木累《ささきるい》に感服し、自分の藩に別式女をおくことにしたのだそうだ。

別式女がいる藩は、御三家や仙台藩《せんだい》など大藩がほとんどである。五万石の雨城藩に六人もいるのは稀有《けう》であり、同時に奇異でもあろう。

それぞれの藩において、別式女の装束や風体《ふうてい》は独自に決められているようだ。雨城藩の場合は黒紋付の羽織に藍色《あい》の袴《はかま》を着け、化粧は禁ずるということになっている。

別式女は護衛をするだけでなく、剣術の指導も行った。藩主の妻女はもとより、家臣の子女に対してもである。

特に、家臣の子女に関しては、別式女候補選びも兼ねていた。剣術の筋の良い女子《おなご》には特に目をかけ鍛える。

巴も先代の別式女筆頭に剣の才を見出され、十五で別式女として推挙されたのであった。

「巴！」

万里村家が住まう役宅の玄関から、夫の音次郎《おとじろう》が、金壺眼《かなつぼまなこ》に団子っ鼻という特徴のある顔をひょこりとのぞかせた。

夫の気配はずっと感じられたので、おそらく様子をうかがいつつ待っていたものと思われる。

「ただいま帰りました」

会釈《えしやく》をする巴に、音次郎がうなずく。

「遅うなり申し訳ございませぬ」

「夕餉《ゆうげ》の支度はもうとっくにできておるぞ。待ちくたびれてしもうた」

音次郎が顔をしかめた。音次郎は上屋敷の賄《まかな》い方助《かたすけ》として勤めているので、飯の支度は女中任せにせず、もっぱら自分がするのが常である。

「ちと取り込みごとがございまして」

「まあ、そういうこともあろうかと、五目鮓《ずし》にしたゆえ、冷めても支障はないのだがな」

「五目鮓とはうれしゅうございます」

「花見の護衛という大役を果たしたそなたを、好物でねぎろうてやろうと思うて。ふふふ、もちろん俺のことだ。ただの五目鮓ではないぞ」

「それはどのような」

「あとのお楽しみじゃ。それよりな……」

どうやらなんぞ趣向のあるらしい五目鮓に、ほころびそうになった口元を巴は引き締めた。案の定、音次郎が声をひそめる。

「朝餉のあと、縁側で朔夜《さくや》を抱いてひなたぼっこをしておったら、父上がやって来て、さんざんお小言を食ろうてしもうた」

朔夜というのは、万里村家で飼われている雄《オス》の黒猫である。巴はやんわりとたしなめた。

「父上の小言など、いつものことにございましょう」

「それが、今日は特にひどかったのだ。ねちねちくだくだと……。『ぼてぼてと肥《こ》えおって』などと言われたぞ。そもそも、俺が肥えておるのは」

音次郎が己の大きな腹をぽんとたたく。

「婿《むこ》の俺がやせ細っておったのでは、万里村の家の名にかかわると思うてのことじゃ。どうして父上はそれをわかってくださらぬか」

音次郎の肥満は、美食家と申せば聞こえはいいが、ようするに食い意地が張っておるのと、暇《ひま》さえあればごろごろと寝転んで過ごしているせいである。けっして万里村の家のためなどという高尚な理由ではないのであった。

だが、巴は、眉をひそめてみせた。

「ほんに父上には困ったものです」

「そうであろう、そうであろう。さすがは巴じゃ」

音次郎が相好《そうごう》をくずす。

「まだまだひどいことを申されておった……」

ここで音次郎を調子付かせてはならない。話が長くなる。朝餉を食べたきりの巴の空腹はもう限界だった。

巴はほほ笑みながら、風呂敷包みを掲げた。

「ひょっとして……」

「はい。奥方様に長命寺《ちょうめいじ》の桜餅《さくらもち》を賜りました」

「土産《みやげ》があるのなら、早う申さぬか。桜餅は香りが命。すぐに茶をいれるゆえ、さっさと着替えてまいれ」

風呂敷包みを大事そうに抱えて、音次郎が早足で台所へと去った。巴はほっとため息をつく。

着替える前に、父の源蔵《げんぞう》に挨拶をせねばならぬ。

源蔵の部屋の前の廊下に座り、「父上」と声をかけた。文机《ふづくえ》に向かって何かを書きつけていた源蔵が目を上げた。

いささか吊り目であるのと鷲鼻《わしばな》のせいで、威厳があるといえば聞こえが良いが、一方で気難しそうに見える。

「ただ今戻りました」

両手をつかえ、巴は頭を下げた。

「大役、ご苦労であった。ちと遅かったのぅ」

「はい。少々取り込みごとがございまして」

「……そうか」

もちろん花見での騒動を源蔵に話すのは、別式女としてはご法度《はっと》であった。源蔵もそこは承知しているので、物問いたげな表情を浮かべたまま口をつぐみ、「こほん」と咳払《せきばら》いをする。

「そなたの良うできた婿どのは、朝餉のあとのひなたぼっこに始まり、今日も相変わらず日がな一日のらりくらりとしておったぞ」

また始まった……。帰宅の挨拶の折には、源蔵から音次郎の愚痴を聞かされるのが恒例となっている。

ふと。桜の葉の塩漬けの香りがしたような気がした。度を越した空腹ゆえの幻に違いない。

それにしても、お腹がすいた……。

「いつまでたっても賄い方の『助』であるのが恥ずかしゅうないのか。まあ、面目ないなどとは思うておらぬのであろうな。そのような殊勝な男であれば、わしも苦労せぬのだが」

源蔵が大仰《おおぎょう》にため息をつく。

「大殿様もなあ。どうしてあのような者を、わが万里村家の婿に選ばれたのであろう。大殿様のご推挙となれば、離縁することもままならぬと申すに」

大殿様というのは前藩主斉重《なりしげ》のことである。巴はひとり娘で、万里村の家を継ぐには婿をもらわねばならぬ身であった。

だが、十五から別式女として奥に仕えていた巴には、その武名ゆえ、婿のなり手がなかったのである。

万里村家の石高は三百石。源蔵は勘定方で組頭をつとめていた。

もとより武名を誇る家ではない。それに巴にしても、女剣客佐々木累のように、武芸に優れた男を婿にと望んでいたわけではなかったのだ。

単に家中の男どもが、勝手に巴におじけづいただけのことであろう。また、己より腕の立つ女を妻にするのが嫌だった可能性もある。

とにかく、巴が二十になっても婿は現れなかった。そこで、大殿斉重が乗り出すことなった。

実は大の巴びいきであった斉重の奥方が、夫に頼み込んだのがほんとうのところである。奥方にせっつかれた斉重は、賄い方組頭の次男である音次郎に白羽の矢を立てた。

巴よりふたつ下の音次郎は料理の才を買われ、部屋住みの身でありながら、斉重の元に通ってしばしば料理を作っていた。おいしいもの好きの斉重が己のひいきで、音次郎の身が立つようにしてやったのだとそしられても反論はできぬ。

もっとも、音次郎をねたむ者はひとりもいなかった。それどころか、ただひたすら気の毒がられた。

巴の婿候補になり得た年頃の男たちは皆、音次郎が己の代わりに人身御供《ひとみごくう》になったような気がして哀れに思ったものだ。

当の音次郎は、なぜか巴に食い殺されると思い込んでいて、両親と別れの盃をかわして婿入りしたらしい。当然そのようなことはなく、巴は美人で気立ても良かったので、神妙に過ごしていた音次郎もすぐに本性をあらわし、ぐうたらと暮らすようになった。

源蔵と音次郎は、はなからそりが合わず、小競り合いが絶えない。どんなに腹が立っても追い出すわけにゆかぬので、源蔵の怒りは募る一方だった。

まあ、小言を言うくらいは仕方がないのではと巴は思っている。それに、妻の千草《ちぐさ》がすでに亡くなっているのだから、源蔵が愚痴を言う相手は娘の巴しかいない。

愚痴を聞くのも親孝行だと、いつも巴は己に言い聞かせている。

「ぼてぼてと肥えおってと言うてやったら、音次郎め、『婿の私がやせ細っておったのでは、万里村の家の名にかかわると思うてのことです』などと、まあ、ぬけぬけと……」

源蔵がいまいましそうに渋面《じゅうめん》を作った。

なんだ、しっかり反論しておるではないか。巴は笑いそうになり、あわてて唇を引き結んだ。

「あのような男が婿では、ご先祖様に申し訳が立たぬ。わしが死んだあと、この家はどうなるのだ」

「私がおりまする、父上」

「そなたが万里村の家を背負《しょ》って立つと申すか」

「はい。それに、死ぬなどとおっしゃいますな。父上にはまだまだ長生きしてもらわねばなりませぬ」

「ふん、生きていても良いことなどなにもない」

「誠之助《せいのすけ》の行く末を見守っていただかなくては」

九つになるひとり息子の名を出した途端、源蔵の目が輝いた。

「そうじゃな。誠之助が父親に似ず立派な跡継ぎになるよう鍛えてやらねばならぬ。あやつはわしのたったひとつの望みなのだから」

なんとも大げさだと巴は思ったが、源蔵が誠之助をかわいがってくれるのはありがたいし、嬉しいことである。

機嫌がよくなった源蔵に巴はほほ笑みかけた。

「父上、実は長命寺の桜餅を、奥方様からちょうだいしたのです」

「なんと！　それを早う申せ」

父上が愚痴をおっしゃるゆえ、申す暇がなかったのですと言いたいところだが、そこはこらえる。

「音次郎どのが茶をいれてくれておると思いますので」

「おう、あの男の取柄はうまい茶をいれるくらいしかないからのう」

硯箱《すずりばこ》にふたをした源蔵が、嬉しそうに立ち上がった。

桜餅を三つ一気にたいらげた音次郎が、満足そうな吐息をもらす。

「さて、汁をあたためてまいろうか」

「桜餅を食うたばかりなのに夕餉を食べるのか」

「父上、巴は忙しゅうて、朝餉を食うたきり何も食べておらぬのですよ。なあ、そうであろう？　巴」

「……はい」

「そうか。ならば急いで支度をしてやってくれ」

「承知いたしました。父上はあとになさいますか？」

音次郎の問いに、源蔵がかぶりをふる。

「いや、わしも一緒にいただこう」

「無理をなさらずとも。年寄りの冷や水とも申すではないですか」

「誰が年寄りじゃ。無理などしておらぬ。桜餅のひとつやふたつ、どうということはない」

「私も食べまする。父上の五目鮓」

誠之助の言葉に、音次郎が目を細める。

「そうか、そうか。うまいぞ」

嫌味の応酬になりかけた源蔵と音次郎の仲を、誠之助が取り持ったかっこうだ。もっとも、本人に自覚はないだろうが……。

祖父にも父にもかわいがられて、誠之助は得な子だ。もちろん巴も誠之助をとても愛しく思っているのだが。

空腹であることを音次郎が思いやってくれたのが、巴は素直に嬉しかった。こういう気遣いをすまし顔でやってのけるのが侮《あなど》れない。

「あれ？　鰻《うなぎ》の蒲焼《かばやき》のにおいがする」

誠之助が鼻をひくひくさせた。布巾《ふきん》をかけた鮓桶を持って部屋に入って来た音次郎がにやりと笑う。

「さすがは俺の倅《せがれ》。よう鼻が利《き》く」

「そなたに似ては困るのだ」

蛸唐草《たこからくさ》模様の伊万里《いまり》の染付《そめつけ》の皿に鮓を盛り付け、聞こえぬふりをしている音次郎に、床の間の前に座った源蔵が小さく舌打ちをした。

似るといえば誠之助は、目が大きくかわいらしい顔をしており、切れ長の目で凜々《りり》しい顔立ちの巴とは似ていない。一番似ているのは祖母にあたる千草だ。亡き母が生きていたら、さぞ喜んだだろうと巴はいつも思うのだった。

膳の上には、菜の花と豆腐のすまし汁が入った椀がのっている。その隣へ音次郎が五目鮓の皿を置く。

「おいしそう……」

巴は思わずつぶやいた。音次郎が床脇棚《とこわきだな》の前、源蔵の向かいに置いた自分の膳の前に座ったところで、源蔵が箸《はし》を取った。

「では、いただくとするか」

他の者たちも、軽く頭を下げてから食べ始めた。源蔵の左隣に巴、巴の向かいに誠之助が座っている。

五目鮓を口にした巴は、そのうまさに目を見張った。

五目鮓には誠之助が言い当てた通り、鰻の蒲焼を刻んだものが入っていた。しかもほんのりあたたかい。買い求めた蒲焼が冷えたので、あたためなおしてから鮓飯に混ぜたのであろう。

他には、海老、ニンジン、シイタケ、タケノコ、レンコン、フキ。上には刻み海苔《のり》と錦糸卵《きんしたまご》がかけられている。

「鰻の蒲焼と鮓飯は意外に合うのじゃな」

源蔵の言葉に、巴は大きくうなずいた。

「おいしゅうございますね、父上」

「うまい！」

叫ぶように言った誠之助が、大口を開けて五目鮓をほおばる。音次郎が愛おしそうに誠之助を見やった。

「たんとこしらえてあるゆえな。どんどん食え。あわてるなよ。のどにつかえたら大《おお》事《ごと》じゃ」

「父上のおかげで毎日うまい飯が食えて、誠之助は幸せ者です」

「五目鮓くらいで大げさじゃのう」

「おじじ様。それが違うのです。道場で弁当をつかう折、おかずを友だちと取り換えることがあるのですが、よその家のおかずはあまりうまくありません」

「まあ、そうなの」

「だから取り換えっこはしたくないのですが、おいしいことを知っているので、皆が誠之助の弁当を食べたがるのです」

音次郎は得意げに小鼻をふくらませていた。反対に源蔵は思い切り顔をしかめている。

「せっかく俺が作った弁当を、誠之助が食えぬというのではかわいそうだな。それに、何のために朝も早うから手間暇かけておるのかわからぬではないか。よし、明日から弁当をふたつ持っていけ。片方には皆が食べるようにおかずだけ詰めてやる」

「ありがとうございます！　でも、それならば父上。おかずだけではなく、握り飯も入れてください」

「どうした。握り飯ふたつでは足らぬのか？」

誠之助がかぶりをふる。

「友だちに食べさせてやりたいのです。弁当を食うときにいつの間にかおらぬようになるので、きっと弁当を持ってこれぬのだと思います」

源蔵が腕組みをする。

「おおかた、禄が少ない上に子だくさんで、暮らしが苦しいのであろうな」

駒込《こまごめ》の下屋敷にある道場には、軽輩の子弟も通って来ている。昨今、いろんな物の値が上がっているので、決まった扶持米《ふちまい》で暮らす武士の家計はどこも苦しい。

「それならば、握り飯だけ包んで、誰も見ておらぬところでそっとわたしてやりなされ。母が間違《まちご》うて飯を炊き過ぎたとでも申して」

「でも母上、飯を炊いておられるのは父上ですが」

ほんにこういうところよ。無邪気といえば聞こえがよいが、機転が利かぬ子じゃ。

……まさか、ひょっとして、少々理解が遅いのであろうか？

誠之助と話をしていて時折浮かぶ疑問を、巴はいささかあわてて打ち消した。

いやいや、そんなふうに思うてはかわいそうだ。幼さゆえのことだろう。まだ九つなのだから。

「父親が飯を炊いておるなんぞ、外聞が悪いからのう」

「そうなのですか？」

「恥ずかしゅうはないぞ、誠之助。俺は賄い方なのだからな」

「賄い方『助《すけ》』であろう。子どもにはきちんと正しいことを申さねばならぬぞ」

「『助』とはなんですか、おじじ様」

「見習いじゃ」

「では父上は一人前ではないということでしょうか」

ひざをたたいて源蔵が「うひゃひゃ」と笑った。音次郎はわしわしと五目鮓を食べている。

どうして父上はいつもこうなのだろう……。巴は助け舟を出した。

「『助』というのは『一番目』ということです」

「なあんだ、そうか。父上、父上はいつ一番になるのですか？」

音次郎が口の中の食べ物にむせて咳込む。源蔵の目が輝いているのが、巴は、我が父ながらいまいましかった。

「父上がもっとお年を召されたら、ですよ」

「『もっと』とはどのくらい？　あと何年？」

「そ、それはわからぬ」

「どうしてわからぬのですか？」

「まあ、あれだ……そう！　『能ある鷹《たか》は爪を隠す』ということよ」

「そなたは、『能ない鷹はあるふりしてない爪隠す』であろうが。そうじゃ、誠之助。よいことを教えてやろう」

源蔵が胸を反らす。巴は嫌な予感がした。

「勘定方につとめておったころ、わしは組頭であった。勘定方では一番ということじゃ」

「すごい！」

「まあ、それほどでもないがの」

「いくつのときに組頭になられたのですか？」

「あれは三十八のときであったかのう」

「ということは、父上もあと十年すれば組頭になれるのですね」

「うっ」と言ったきり、源蔵が黙った。

「父上、かたじけのうござりまする。これで私の面目も立つというもの」

にやにやしながら音次郎が芝居がかった調子で頭を下げたので、源蔵のこめかみにたちまち青筋が浮き出た。

どうして、今、ここで父上を怒らせるようなことをわざとするのだろう。巴はげんなりした。

「誠之助、巴は別式女筆頭。この家で一番でないのは音次郎だけじゃ！」

「そうでした！　母上！　母上はいつ筆頭になられたのですか？」

「……一昨年ですよ、誠之助」

「えっ！　ということは……二十八のとき！　母上は、父上と同じ年、そしておじじ様より十年も早く、一番になったということですね！　母上が一番すごい！」

急に源蔵と音次郎が静かになった。せっせと五目鮓を口に運んでいる。

強烈な一撃で舅《しゅうと》と婿の不毛な皮肉の応酬を粉砕した張本人は、ほおを紅潮させ、

「すごい、すごい」とつぶやいていた。

まあ、よい。これでゆっくり五目鮓が食べられる。

音次郎も源蔵も、かわいい誠之助を叱《しか》ったりはせぬので安心だ。少々気の毒ではあるが……。

「母上！」

「はい」

「私は、すごい母上の子に生まれて幸せです」

「まあ、いきなり何を言い出すのですか」

鼻の奥がつんとした。涙が出そうになる。目がうるんでいるかもしれない。

ほんにこの子ったら……。誠之助を抱きしめたいのをぐっとこらえる。

「おじじ様も父上も幸せですよ。だってすごい娘とすごい妻でしょう？」

「無論、巴はわしの自慢の娘じゃ」

「俺にだって自慢の妻だ」

「父上も音次郎どのも誠之助も、皆、ありがとうございます」

次の日の朝、身支度を整えた巴が台所に行くと、音次郎が握り飯をこしらえていた。

「誠之助が夕餉のときに申していた、友だちの分でしょうか？」

「うむ、そうだ。ただの握り飯では芸がないからな」

音次郎が飯の真ん中に卵焼きと昆布《こんぶ》の佃煮《つくだに》を入れて手早く握った。昆布の佃煮は買い求めたものではなく、音次郎が丁寧に炊き上げたものである。

「ほれ、食ってみろ」

いまできたばかりの握り飯を、巴は受け取った。少し迷ったが、大口を開けて豪快に食す。

出汁《だし》がきいた少し甘めの卵焼きと昆布の佃煮はとても良い取り合わせだった。お互いがお互いを引き立てている。

そしてまた、音次郎が作る握り飯は、塩の塩梅《あんばい》も握り加減も絶妙なのだった。

「おいしい！」

「そうであろう、そうであろう」

音次郎が目を細める。

「握り飯だけでは味気ないゆえな」

「きっと喜びますね」

弁当を持たせられぬほど困窮しているのなら、卵などめったに口に入らぬであろう。たとえひと切れでもご馳走に違いない。

音次郎が再び握り飯をこしらえていた。今度は、皿に盛った小判型のつくねのようなものを真ん中に入れている。

「つくねの味見をしたいのであろう。かまわぬぞ」

やはりつくねであったのかと思いながら、巴はつくねを指でつまんで口に入れた。

源蔵に見られたら、行儀が悪いと小言を食らうところだ。

「イワシと生姜《しょうが》とネギと……あとなんだろう。ふわふわしてすごくおいしい」

「たたいたイワシと水切りした豆腐に、すりおろした生姜とネギのみじん切り、うどん粉と卵と味噌を入れてよく練って小判型にする。裏表に軽く焼き目をつけてから、出汁に醤油《しょうゆ》、味醂《みりん》、砂糖を加えて煮る。滋養があって安くてうまい。餓鬼どもにはぴったりだ」

音次郎は、具が入った握り飯をふたつ竹皮に包んだ。続いて弁当箱に握り飯と卵焼きとつくねを詰める。誠之助の弁当だ。

いつもは誠之助と同じ弁当を巴も作ってもらうのだが、今日は非番なので誠之助の分だけだ。さらに、もうひとつの弁当箱に、卵焼きとつくねを詰める。

「これはいわば賂《まいない》だな」

「どういうことですか？」

「どうぞお召し上がりください。その代わり、誠之助をいじめたりせぬようお願いいたします、ということだ」

巴は驚いて尋ねた。

「誠之助はいじめられておるのですか？」

「いや、大丈夫。だが、用心にこしたことはない。なにせ『別式女筆頭』の倅だからな」

「私のせいで誠之助が……」

「案ずるな。転ばぬ先の杖《つえ》というやつだ。ご機嫌をとって味方を増やしておけば、いざいじめられたときに、中にはかばってくれる者もおるであろうから」

「母親のくせに、私はそこまで考えが至りませんでした」

「己を責めるでない、巴。俺は子どものころよういじめられたゆえな。それでわかるのだ」

「……そうだったのですか」

「太っていたことも一因かもしれぬが、まあ、この口が災いして。そなたもわかるであろう」

思わずうなずいてしまった巴に音次郎が苦笑する。

「はじめのうちは、ご機嫌を取るために菓子を買って持っていっていたのだが、小遣いが尽きてしもうて」

「……殴《なぐ》られたのでしょうか」

「いや、殴られるのは嫌だったのでな。なんとかせねばと知恵をしぼった。自分で菓子を作って持っていった」

「まあ……」

「そのころちょうど兄上が父上から料理の手ほどきを受けておって、出来損ないの餡《あん》が鍋にあったゆえ、ちょちょいと味を直して使うたというわけ」

音次郎の実家は代々賄い方につとめていた。兄よりも自分のほうが料理の才があるというのが、音次郎の持論である。

「どのようなお菓子を」

「うどん粉に卵と水を加えて生地を作り、それを油を引いた鉄鍋で細長く焼いて餡を巻いたものだ。我ながら、なかなかにうまかったぞ。久しぶりにあとで作ってみようか。誠之助も喜ぶであろうよ」

「はい、ぜひに。楽しみです」

殴られぬようにと、一生懸命菓子を作る子どものころの音次郎を想像して、巴は涙ぐみそうになった。いじめられて辛い思いをしたゆえ、誠之助のことを案じてくれていたとは……。

巴は音次郎の優しさが嬉しかった。それに引き換え、母親の自分はそこまで考えが及ばなかった。ほんに恥ずかしい……。

「まあ、巴はかわいらしかったゆえ、ちやほやされこそすれ、いじめられることはなかったであろう。気づかぬのも無理はない」

自分がそれほどかわいかったとは思わぬが、そういえばいじめられたことはない。あれは幸せなことだったのだと今さらながら思う。

「それに、武芸に秀でていれば、殴ろうとする阿呆はおらぬわ。一緒におった友だちの中にも、いじめられっ子はいなかったのではないか」

「……確かに、そうです」

「友だちをいじめたら、巴がすっ飛んできて返り討ちにされるからだろうな。俺ももっと早う巴と出会っておればよかった」

音次郎が愉快そうに笑う。巴は弁当箱と握り飯を風呂敷に包んだ。

ぐうたらだったり口が悪かったり、いろいろ困ったところのある音次郎だが、やはり頼りになる。源蔵ともう少し仲良くしてくれるとよいのだが、あまりぜいたくは言うまい。源蔵も文句を言いながらも、音次郎が作るおいしいものを楽しみにしているのだから。

音次郎どのと夫婦になってほんによかった……。

「ところで巴」

「はい、なんでしょう」

「小遣いを都合してはくれぬか」

「え？　十日ほど前にお渡ししたばかりですのに」

「それは承知しておる。三両……いや、二両でかまわぬ」

今しがたまで音次郎に抱いていた甘やかな気持ちを、巴はすぐさまどぶに叩き込みたくなった。気遣いや優しさをみせていたのは、小遣いほしさからだったとは。

なんともあきれたことである。

「また、豪奢《ごうしゃ》な料理を召し上がるおつもりなのでしょう」

音次郎は浅草《あさくさ》の八百善《やおぜん》、日本橋《にほんばし》の百川《ももかわ》、深川《ふかがわ》の平清《ひらせい》といった高級料亭へ足繁く通っていた。そして、自分の禄よりずっとたくさんの銭を浪費しているのだ。

「遊びではないぞ。これも賄い方というお役目の修業のうち。また、巴や父上、誠之助においしいものを作って食べさせてやれるようにとの思いもあるのじゃ。一両でもよい。頼む、この通りじゃ」

音次郎が両手を合わせて拝んだ。巴はくちびるをかみしめる。

もうこれ以上小遣いをわたしたくはない。だが、音次郎は銭のためなら家捜《やさが》しもいとわぬ男だ。

父上に見つかったら、大喧嘩になるのは必定《ひつじょう》。それに誠之助にさもしい父親の姿を見せるのは忍びなかった。

巴の苦しい胸の内を知っていて、こうやって音次郎はいつも無心をする。なんといまいましい男であろうか。

「わかりました。あとでおわたしします。二両差し上げますが、今月はもうこれっきりにしていただきます。よろしいですね」

「やれ、ありがたや、ありがたや。わかった。もう、しばらく無心はせぬ。約束する。さてさて、朝餉に納豆汁《なっとうじる》でも作るとするか」

納豆汁は巴の好物である。こういうところが音次郎はずるい……。

3

花見から十日が過ぎた。今日はだいぶ日差しがきつく、ときおりほおをなでる風が心地よかった。

巴は台所の横の板の間で、皿にかけてある布巾をそっと取った。

「また、のぞいておるのか」

笑いを含んだ声で音次郎がたずねる。

「だって、上手にできたから……」

今日は非番だったので、誠之助のために菓子を作ったのだ。音次郎が子どものころに作ったという、餡巻である。

「そりゃ、うまくできておるであろうよ。失敗したのは、ふたりして食っちまったんだから」

皿の上の餡巻は十個。皮が破れて餡がはみ出てしまったのもちょうど同じだけあったので、五つずつ食べた。

形は悪くても味は良かった。今日は音次郎に手伝ってもらったが、今度はひとりで作ってみたい。

「次は自分だけで作ってみるつもりなのであろう？」

言い当てられて、巴は口ごもった。

「気持ちはわかるがやめておけ。うまくゆかぬに決まっておる。小豆《あずき》や砂糖が無駄になると、巴も悲しいだろう」

音次郎は意地悪で言っているのではない。真実を述べているだけだ。

なぜか巴は料理が不得手なのである。何を作っても非常にまずい。飯もうまく炊けぬ有様だった。こげついたり、粥《かゆ》のようだったりする。

母の千草が根気強く丁寧に教えてくれたが、とうとうどうにもならなかった。千草は娘の料理下手を案じながら、巴が十五のときに亡くなっている。

賄い方につとめる音次郎が婿に入って、亡き母も草葉の陰で安堵しているかもしれなかった。

音次郎が嘆息する。

「どこをどうやったらあんなにまずいものができるのであろう。いっそそれも才能なのやもしれぬ」

どのくらいまずいかというと、卵焼きをつまみ食いした幼い誠之助が声をあげて泣いたほどである。

「泣くだけで済んでよかった。下手をしたら、腹をこわしていく日も寝込まねばならぬぞ」

泣きじゃくる誠之助の頭をなでながら音次郎がつぶやいた言葉が、巴の耳によみがえった。

そういえば誠之助が赤子のころ、粥を作ってやったことがある。ひとさじ目をぺっと吐き出したかと思うと、それっきり口を閉じて食べようとしなかった。

「これのどこが粥だ。糊ではないか」

あきれ顔の音次郎が手早く粥を作って与えると、誠之助は旺盛な食欲を見せ、粥を吹いて冷ます暇《いとま》もないほどであったのだ。

「でも、母親としては、誠之助においしいものを作って食べさせてやりたいのです……」

「気持ちはわかるがやめておけ。父である俺が、うまいものを作ってやっておるのだからよいではないか」

「でも……」

音次郎が真顔になる。

「そなたひとりで作ったものを、決して誠之助に食べさせてはならぬぞ。死んでしもうたらなんとする」

「まさか、そのようなこと」

「腹下しが治らず、体が弱って命を落とすやもしれぬぞ。高い熱が出ても同じじゃ。誠之助だけではない。父上のような年寄りもあぶない。巴自身もそうじゃ。己が作ったものを食うたりせぬようにな」

「……はい」

「そのようにがっかりした顔をするな。料理は下手でも、剣を取っては誰にもひけをとらぬ。立派なことではないか。巴はそれでよいのだ」

音次郎が腕組みをして胸を反らせた。

「俺が婿にきて良かったであろう。来客や行事の折に、すべて女中任せとはいくまいて」

「そうですね。ありがとうございます」

亡き母が忙しそうにしていたのが思い出される。

「感謝の気持ちを形で表しても罰は当たらぬぞ」

「どういうことですか？」

「銭をくれるとか」

「……今月はもう小遣いは渡さぬと約束したではありませぬか」

「小遣いではないぞ。まあ、いわば『心づけ』というところかの。料理下手の妻に恥をかかさぬようにするのは、なかなかに骨が折れるのだぞ……ぐえっ！」

つぶれたガマガエルのような声をあげて、音次郎がうずくまった。巴が思いきりかかとで音次郎の左足の甲を踏みつけたのだ。

そこらへんの女子にでも、足の甲を踏まれれば相当痛い。いわんや別式女筆頭においてをや。

音次郎が、左足を抱えながら床をごろごろと転がる。あまりの激痛に声も出ぬようだ。

巴はつけつけと言った。

「手加減したゆえ、骨は折れておりませぬよ。一刻ほどもすれば痛みもひきましょう。あれほど約束したのに、小遣いをねだるとは言語道断。音次郎どのにはもちろん感謝いたしておりますが、それとこれとは別義です」

まったく、油断も隙もありはしない……。

うなり声をあげている音次郎を一瞥《いちべつ》すると、巴は座敷へ向かった。もうそろそろ誠之助が、下屋敷の道場から帰ってくるころだ。

「誠之助はまだ帰ってこぬのか」

居間で座している巴に、源蔵が声をかけた。わざわざ自分の部屋から出てきたとみえる。

「はい。少々遅うございますね」

「少々ではないだろう。いつもならもうとうに帰っておるはずじゃぞ」

「先におやつを召し上がりますか？」

「いや、誠之助と一緒に食う。……わしはなにも菓子が食いとうて申しているのではない。誠之助のことを案じておるのじゃ」

「失礼いたしました」

「今日のおやつは何だ？」

「餡巻にございます。私が作りました」

巴の言葉に源蔵が眉根《まゆね》を寄せる。

「ほう……」

「音次郎どのと一緒に作りましたゆえ」

源蔵があからさまにほっとした顔になるのが小憎らしい。

「稽古《けいこ》のあとで腹がすいておるだろうに、なぜ帰ってこぬ。餡巻が食えぬではないか」

「ですから、先にお召し上がりくださいと」

「いや、別にそういう意味ではない」

誰が聞いても『そういう意味』であろう。まことに父上は見栄っ張りでいらっしゃる。

それにしても遅い。源蔵の言うように、いつもならおやつを目当てに急いで帰って来る誠之助であるのに……。

この間音次郎から聞いた子どものころの話を、ふと思い出した巴は、にわかに心配になった。ひょっとして、帰る途中で殴られでもして怪我をし、動けなくなっているのではないだろうか。

まさか。親のひいき目かもしれぬが、誠之助は優しくて素直な子だ。仲の良い友だちも大勢いる。

でも……。別式女筆頭の息子という理由でいじめられたのだとしたら？　巴のうなじがちりっとした。

巴のことを快く思っておらぬ父兄もいることだろう。それを子どもなりに感じ取って、誠之助のことを気にくわぬと思う子もおるやもしれぬ。

女だてらに三百石もいただいているのだ。微禄の家臣たちに反感を持たれていることは想像に難くない。

微禄の者だけではない。上級藩士の間にも、やっかんでいる者はいるはずだ。ひょっとすると、こちらのほうが数が多いとも考えられる。

巴自身は、他人《ひと》に後ろ指をさされぬよう、禄以上の働きをするよう心がけてきたし、実際にそれができているという自負もある。

音次郎と夫婦になったあとも巴が別式女のお役に就いているのは、なにも目立とうとか出世しようとか思うてのことではない。賄い方の助である音次郎の禄は三十俵二人扶持。巴が働かねば万里村の家は立ちゆかぬのだ。

だが、人々は皆、音次郎には、大殿から内々に給金が出ているものだと思い込んでいた。実際、いくらかはもらっているはずである。

しかし、それがいかほどなのか巴は知らぬ。全部音次郎が自分の懐へ入れてしまっているからだ。

大殿様がくだされた金なのだから、大殿様においしいものを召し上がっていただけるよう、己の研鑽(という名目の高級料亭通い)のために使うのが筋だというのが、音次郎の言い分である。

かくして巴は働かねばならぬ。とはいうものの、そんな家の事情をさらすわけにはいかない。

巴は音次郎の妻である。当主である夫を立て、仕えるのが妻としてのつとめだと、いつも懸命に自分に言い聞かせていた。

それにしても、母が別式女筆頭であることで誠之助がいじめられているのだとしたら、いったいどうすればよいのであろう。

いじめている相手の親と話し合うのが良いのか。それとも本人に事情を聞くか。はたまた誠之助も交えて、子どもたちと親たちと皆で話し合いをもつのか。

いや、待て。なにも誠之助がいじめられていると決まったわけではない。

おそらく何か他の理由で遅れておるだけであろう。どうも誠之助のこととなると、つい、冷静でいられなくなり、考えが悪いほうへ転がって行ってしまいがちだ。

気をつけねば……。

「ただ今戻りました」

ほうれ、帰って来たではないか。巴はとたんに晴れやかな気持ちになる。

「お帰りなさい」

あからさまに声がはずんでしまっているのが、自分でも少し面映《おもはゆ》い。

「遅かったのう。待ちくたびれたぞ」

巴と源蔵に声をかけられ、誠之助がぎょっとした顔つきになる。その様子に巴はかすかな違和感を覚えた。

「いかがいたした。わしと巴が出迎えたからというて、そのように驚かぬでもよいではないか」

「べ、別に驚いてなどおりませぬ」

誠之助は顔を伏せ、会釈をするとそそくさと自分の部屋へと向かった。源蔵がぼやく。

「いつもなら、真っ先に、おやつは何かとたずねるのにのう。誠之助のやつめ、今日はどうしたことか」

私の前を通るとき、誠之助が胸のあたりを手で押さえていた気がする。やはり、殴られたのであろうか。

巴は急いで誠之助の部屋へ向かった。障子がきちんと閉められている。

これも誠之助には珍しい事であった。巴は廊下から声をかけた。

「誠之助、開けますよ」

「……は、はいっ」

あわてているらしい誠之助にはかまわず、巴は勢いよく障子を開けた。

巴に背を向け、少し前かがみになって座っている誠之助が、やはり胸のあたりを押さえている。

「いかがいたした。胸が痛いのか？」

「いいえ！　そのようなことは決して！」

「帰って来てからずっと押さえておるではないか。どれ、母が見てしんぜよう。こちらへ来なされ」

巴が部屋に入ると、こちらを向いた誠之助がはじかれたように立ち上がった。そのままじりじりとあとずさる。

「おーい、どうした、誠之助。おやつを食わぬのか。今日は餡巻じゃ。おじじ様がお待ちかねだぞ」

廊下をどたどたとやって来た音次郎に、誠之助があからさまにほっとした表情になった。

「はい！　ただ今まいります！」

源蔵の居室へ駆けていく誠之助の背を見送りながら、巴はため息をついた。

「誠之助はずいぶん帰りが遅かったが、どうかしたのか」

「本人は何も申しませぬが、ずっと胸のあたりを押さえておるのが案じられて。もしや殴られたのではと」

「うーむ。帰り道、誰ぞにやられたか」

「やはり……」

「顔にあざができればすぐに露見してしまうゆえ、殴るのは着物で隠れておる腹や胸が多いが……まあ、殴られたとは限らぬのではないか」

「そうでしょうか」

「殴られたにしても、誠之助は口をつぐんで申すまいよ。むざむざやられるなど、恥でしかないゆえな」

黙している巴に、音次郎はにやりと笑ってみせた。

「男にはいろいろあるのだ。まあ、俺は別だが」

源蔵と一緒におやつを食べた誠之助が、自分の部屋に戻ったのを見計らって、巴は源蔵に声をかけた。

「父上、ちとよろしいでしょうか」

「おお、かまわぬぞ。何ぞ用か」

「少々おうかがいしたきことがございまして」

「わかった。入れ」

巴は源蔵の側《そば》に座した。

「餡巻はたいそう美味であった」

「それはよろしゅうございました」

ほほ笑んでおいて小声でたずねる。

「誠之助の様子に、何かおかしいところはなかったでしょうか」

「そうじゃなあ……」

腕を組み、思案顔の源蔵がはたと手を打った。

「いつもよりずっと口数が少なかったのう。餡巻をそそくさと食うたと思うたら急いで部屋を出ていきおった。あと、妙に胸のあたりを気にしておったような……」

「やはりそうなのですね」

「何か心当たりがあるような口ぶりじゃのう」

「実は、誠之助は胸を誰かに殴られたのではないかと思うのです」

「ははあん、それで帰ってくるのが遅かったのか。それにしても、いったいなぜ殴られるようなことに」

「それはわかりませぬが、もしかしたら私のせいなのではと」

「巴の？　どうして」

「私が別式女筆頭をつとめておるからです」

源蔵があごをつるりとなでる。

「まあ、あり得ぬことではないが……」

「帰って来た折に、胸を見てやって確かめようとしたのですが」

「拒まれたか」

「逃げられてしまいました」

「それはそうであろうよ。己の不甲斐なさの証《あかし》を、母に見られたくはないだろうて。特に別式女筆頭のそなたにはな」

「あ……」

巴はくちびるをかみうつむいた。誠之助の心の内に思い至らなかった自分が情けない。

「よい、よい。わしが確かめてやろう」

「ありがとうございます。ですが、どのようにして？」

「背中を流せと命じて一緒に風呂に入る」

「それは名案にございます！　さすがは父上」

「ふふふ、おだてぬでもよい。老いたりと言えども、この源蔵、そなたの婿殿よりはまだまだ頭が回るぞ」

誠之助が眠りについたあと、巴は源蔵の部屋を訪れた。さすがに気になったとみえて、音次郎もついてきている。

「誠之助の胸にあざはなかった。胸だけではない、体中のどこにも、殴られた傷は見られなんだ」

「よかった……」

ほおに両手を当てる巴の横で、音次郎が「ほうっ」と息を吐く。

「ありがとうございます、父上」

「なんの、なんの。かわいい孫と娘のためじゃ」

わざとらしく源蔵がちらりと音次郎を見やる。

「それにしても、なぜ誠之助は胸を押さえていたのでしょうか」

「ふむ、そのことよのう……」

音次郎が胸をそらす。

「私にちと考えがございまして」

「どうせ役に立たぬ考えであろう」

「まあ、悪口は聞いてから言うてくださされませ」

「なんだと」

「父上、ここは音次郎どの申されることを聞いてみるといたしましょう」

巴の言葉に、源蔵が不満そうな表情で口をつぐんだ。

「誠之助が父上と風呂に入っている間に、誠之助の財布を調べましたところ、金が二十文減っておりました。たまたま昨夜財布の中身を見たところでしたので、間違いありませぬ」

音次郎が一旦言葉を切って、巴と源蔵の表情をうかがった。

「話の続きをお願いいたします、音次郎どの」

満足げにうなずいた音次郎が再び口を開く。

「つまり誠之助は道場の帰りにどこかへ立ち寄り、二十文で何かを買った。それを懐に入れていたのではないかと。いかがですかな、父上」

源蔵が渋い顔をする。

「音次郎どの申される通りだとして、誠之助はいったい何を買ったのでしょうか」

「それはこれから確かめる」


巴は、誠之助の部屋の障子を、音をたてぬよう気をつけながらゆっくり開けた。手《て》燭《しょく》で中を照らす。

誠之助はすでに眠りに落ちていた。耳をそばだてるとすうすうという寝息が聞こえる。

これならば、部屋を物色しても目を覚ます気遣いはなさそうだ。巴は手燭を源蔵にわたし、部屋に入った。

あらかじめ決めていたように、巴は、まず、誠之助の枕元にきちんとたたんで置かれている着物の間を調べた。部屋の隅で音次郎が行李《こうり》の中を調べている。

源蔵は部屋の中ほどで手燭を持って立っていた。もし誠之助が起きてしまったら、ろうそくを吹き消す手はずになっている。

誠之助は相変わらず規則正しい寝息をたてている。目を覚ます心配は当分なさそうだった。

着物の間には何も見当たらなかった。文机の上にも文箱《ふばこ》にも……。

巴は誠之助が下屋敷にある学問所明誠《めいせい》館や道場に持っていっている風呂敷包みを解いた。だが、それらしきものは見つからぬ。

元通りに風呂敷を結んだ巴が顔を上げると、音次郎と目が合った。ふたりはうなずき合う。

巴は夜具をそろそろとはぎ、誠之助の体の下に腕を差し入れ静かに抱き上げた。音次郎が布団をめくる。

巴は心の中で「あっ！」と叫んだ。一枚の錦絵が現れたのだ。描かれているのは……。

巴は目をむいた。叫びを飲み込んだらしい音次郎の喉から「ぐっ」という小さな音がした。

なんと錦絵に描かれていたのは巴自身だったのだ。藍色の袴に黒の紋付羽織姿で、切れ長の目をした総髪《そうはつ》の女子はまさに巴そのものであった。

そのとき、誠之助が目をつむったまま何事かをつぶやいた。錦絵を脇に置き、音次郎が急いで布団を伸ばす。

巴はそっと誠之助を寝かせ、夜具をかけた。

「……なんと！　巴ではないか！」

源蔵がうなった。源蔵の部屋で、巴たち三人は頭を突き合わせるようにして座り、錦絵を凝視している。

錦絵の中で巴は、地面にはいつくばる男の背を左足で踏みつけ、右手で刀をかざしていた。まるで歌舞伎《かぶき》役者のようなしぐさである。

錦絵には桜の木々も描かれていたので、どうやら先日の花見の折の出来事をうつしたものであるらしい。よく見ると『雨城藩別式女筆頭　万里村巴』と記されている。

確かにあのときは大勢の見物人がいた。しかし、まさか己が錦絵に描かれるとは思ってもみなかった。

ただでさえ別式女として目立っておるというのに、錦絵に描かれたことが明らかになったら。皆になんと言われるであろう……。

「これは墨堤じゃな」

「いかにも……」

源蔵も音次郎も、それっきり黙り込んでしまった。ふたりとも、花見の席で何が起こったか察したに違いない。

だが、巴が口外することは、別式女としての役儀上ご法度であった。それを熟知しているので、聞きたいこと、言いたいことはたくさんあれども、たずねることをしないのである。

巴ははっとした。もしや誠之助も同じ理由でこの錦絵を隠していたのではないだろうか。

おそらく、道場か明誠館で、巴の錦絵が売られていると聞いたのだろう。買うて帰って皆に見せ、喜ばせようと思ったのではないか。

団子や饅頭《まんじゅう》なら慣れているが、錦絵など買うのは初めてゆえ、銭を払って絵を受け取るのが精一杯。そのまま一目散に店から駆け去り、錦絵をじっくり見たのはしばらくたってからと推察される。

よく見れば母は男装で、刀をかざし男を踏みつけている。巴が花見の護衛をつとめたことは誠之助も承知しているので、どういう状況を描いているかはわかったに違いない。

さあ、困った。この錦絵は皆に見せるわけにゆかぬ。かといって、誠之助にとっては大金である二十文を払ったのだ。捨てるなどとても考えられない。折りたたんで懐にしまいずんずん歩く。困った、困った、どうしよう。

帰宅してからは気取られぬように注意しながらやっとの思いで夜具の間にでも隠し、折り目を取ろうと布団の下に敷いて寝た。こんなところだろうか……。

巴は誠之助のいじらしさに涙ぐみそうになった。

「誠之助め。勇んで錦絵を買うたはよいが、とても皆に見せられぬと悟ったのであろうよ」

「さりとて捨てられぬ……。小さな頭でいろいろ考えたとみえる。まあ、明日の弁当は、誠之助の好物でも入れてやるとしよう」

「わしは小遣いで……」

「誠之助にはいらぬ苦労ばかりさせてしまって……」

「気に病むことはない。若いころの苦労は買うてでもせよと申すではないか。何事も修業じゃ」

「その分俺がうまいものを食わせてやっておるゆえ、よいではないか」

源蔵と音次郎の気遣いが心にしみる……。

錦絵を誠之助の布団の下に戻した巴は、寝支度をして布団の上に座り、髪を梳いていた。音次郎は隣の布団で腹ばいになって煙草《たばこ》をふかしている。

「殴られたのではなくてよかったではないか」

「ええ……」

「俺が子どものころの話をしたゆえ、案じておるのだろう。誠之助は見てくれが良い。それに素直だ。ひねくれものの俺とは違う。それに俺がせっせとうまい賂を作って食べさせておるゆえ大丈夫だ」

「ありがとうございます」

「浮かぬ顔だな……。弁当のおかずくらいでいじめられずにすむのかと疑うておるのだろう」

「いいえ、決してそのような」

「よいよい、それが当然よ。だが、俗に『一宿一飯の恩義』と申すであろう。飯というのはな、これがけっこうあなどれぬ。なかなかに人を縛るのだ」

「……縛る？」

「若い男というのは常に腹をすかせておるもの。まして剣術の稽古のあとだ。もう目が回るほどであろうよ。そこへうまいものを食わせる。ありがたいと思う気持ちが双倍になる」

音次郎が、煙管《キセル》を煙草盆に打ち付け灰を落とした。

「むしゃくしゃしたことがあって、誠之助を殴ってやろうと思ったとする。『うまいものをもろうて食ったくせに、そいつを殴るのか？　恩知らずだな』と心の声がする。あるいは、『殴るのか？　殴ったらもううまいものをもろうて食うことはできぬぞ』とかな。一方で、うまいものをもろうた感謝の気持ちや、もっとうまいものにありつけるように恩を売ろうとの考えで、誠之助をかぼうてくれる者もおるはず。若い男にとって、腹がふくれるうまいものには抗《あらが》いがたい魅力があるものなのだ」

「なるほど」

巴は、音次郎の細やかな心遣いに今さらながら感心した。そういえば、誠之助が何かを買ったことを突き止めたのも音次郎だった。

音次郎が昨夜たまたま誠之助の財布を調べていたゆえ、今日二十文使ったのがわかったのだ。そしてそれがきっかけとなって誠之助が錦絵を買ったと知ることができたのである。

ここでも音次郎の気配りが物を言ったことになる。それに対して己のなんと行き届かぬことか。

だが、そのとき、巴はかすかな違和感のようなものを覚えた。何かが引っかかる……。

巴はぼんやりと思った。なぜ、音次郎は誠之助の財布を調べたのだろう。巴は、誠之助に決まった小遣いを与えてはいなかった。

祭りのときなど、必要な折にその都度わたすことにしていたのだ。だから誠之助の財布の中身などたかが知れている。

多いときでも、三十文かそこらがせいぜいというところではないだろうか。普段の買い食いも大っぴらには許していないことを音次郎も知っているので、財布を調べる必要はないはずだった。

巴ははっとした。源蔵の部屋で錦絵を見たあと、確か源蔵が「わしは小遣いで……」と言っていた。あれは「わしは小遣いでもやろう」と言いかけて、あわてて言葉を濁《にご》したのではないだろうか。

誠之助にむやみに小遣いを与えぬよう、源蔵には頼んでいる。それなのに、源蔵はひそかに小遣いをやっているらしい。

それもけしからぬが、もっと腹が立つのは、音次郎がその小遣いをちょろまかしていたことだ。

おそらく、源蔵は「誰にも内緒だぞ」と言って小遣いをわたしているに違いない。

だから財布から金がなくなっても、誠之助はそのことを巴や音次郎に話すことができなかった。

そして、ひょっとすると、誠之助は、金を盗ったのが音次郎だとうすうす感づいているのではないか。なぜならば、誠之助が金を盗まれたことを源蔵に相談していないからだ。

源蔵が誠之助から聞いていれば、音次郎が誠之助の財布を調べたと言ったとき、なんらかの言動を示したはずである。

誠之助の金を音次郎がネコババしたことを源蔵が知れば、大喧嘩になるのは間違いない。頼りの巴には、源蔵の口止めのせいで助けを求めることができぬ。

源蔵と音次郎の板挟みになり、誠之助が小さな胸を痛めていたであろうことが、かわいそうでならなかった。それと同時に、思慮の足りない父と、子の小遣いに手を付けた言語道断な夫に対し、巴の胸の奥でふつふつと怒りが湧く。

「さて、そろそろ寝るとするか」

音次郎が仰向けになろうとした瞬間、巴は素早く音次郎にまたがり、両の手首をつかんで後ろに回し、背中につけて自分の太ももで固めた。

「な、何をする……ぎゃっ！　痛い！　痛い！　痛い！　ああああああああ！」

激痛のあまり音次郎が叫び続ける。うるさいので少しゆるめた。

音次郎が大きく息をつく。

「ふう……。どうしてこんなひどいことをする。いったい俺が何をしたというのだ」

「ようもまあぬけぬけと。白々しい。誠之助の財布から、金を盗っておったことはわかっておるのです。子どもの小遣いに手を付けるなど、なんと情けない。恥を知りなされ！」

「そんなことはしておらぬ。濡《ぬ》れ衣《ぎぬ》じゃ」

「この期《ご》に及んでまだしらを切るつもりか」

「俺がやったという証がどこにある。え？　申してみよ」

「証はございませぬ」

「ほうれみろ。いい加減なことを申すな」

「ですから、音次郎どのがご自分の口で白状なされよ！」

巴は太ももをぐっと押し出した。

「ぎゃあああああああああ！　……す、すまぬ」

「なんぞ、おっしゃいましたか」

「と、盗った。ああああああ、お、俺が、ああああああああ、盗った」

「もう一度、大きな声で」

「お、俺が盗った！　すまぬ！」

太ももをゆるめ、巴は音次郎の背からおりた。

「……し、死ぬかと思った」

「大げさな。涙と鼻水をふきなされ。みっともない」


次の日の朝、誠之助を明誠館へ送り出したあと、巴は音次郎とともに、居室にいる源蔵を訪ねた。

「朝っぱらからどうした。ふたりとも今日は非番ではないのだろう？　なにかあったのか」

「時がありませぬゆえ、単刀直入に申し上げます。父上、あれだけお願いいたしておりましたのに、誠之助に小遣いをおやりになりましたね」

「え？　な、何を申しておる。小遣いなどやってはおらぬぞ」

「父上、見苦しゅうございますぞ。正直におっしゃってくださいませ」

「巴、そなたはこのわしを嘘つき呼ばわりするのか。情けないのう」

巴はため息をついた。音次郎といい、源蔵といい、どうしてこうも往生際《おうじょうぎわ》が悪いのだろう。

「父上が誠之助にやった小遣いは、すべてこの音次郎どのがネコババしていたのですよ」

一瞬きょとんとしていた源蔵の顔にたちまち赤みがさす。

「なんだと！　それはまことか！」

音次郎がうつむいたままうなずく。源蔵が勢いよく立ち上がった。

「わしは、そなたなんぞにネコババさせるために誠之助に小遣いをやっていたのではないわ！　子の小遣いに手を出しおって、恥を知れ！　恥を！」

音次郎が顔を上げ、してやったりという表情でにやりと笑う。

「年寄りの短気とはまさにこのこと。頭に血がのぼり、うっかり白状なさってしまいましたな、父上」

「うっ」と言ったきり、源蔵が口をつぐんだ。のろのろと腰をおろす。

くつくつと笑う音次郎の脇腹に、巴は無言で肘鉄を食らわせた。音次郎が「ぐふっ」とうめく。

「ふん。自分のことを棚に上げていけしゃあしゃあと。当然の報いじゃ」

巴がにらむと、源蔵は首をすくめた。

「おふたりとも、いい加減になさいませ。財布から金が消えうせ、おそらく音次郎どのの仕業《しわざ》とうすうす感づいても、父上に告げれば喧嘩になる。私に相談しようにも、小遣いをもらったことは内緒にせよと父上に言われている。さぞかし誠之助は悩んだに違いありませぬ。誠之助がどんなに小さな胸を痛めたか。かわいそうだとは思いませぬのか」

家の中で波風が立たぬよう、誠之助なりに気をつかってくれていたのだ。そのいじらしさが胸に迫り、巴は涙ぐむ。

音次郎も源蔵も、かわいい誠之助を引き合いに出されて、たちまちしゅんとして頭を垂れた。

源蔵がはっとした表情で言った。

「音次郎、ちょろまかした金を、誠之助に返してやれ」

「いや、それは少々難しゅうござりまする」

「なぜじゃ」

「もう使うてしまいましたゆえ」

「なんだと！」

「無駄遣いをしたのではございませぬ。お役目をきちんと果たすことができるよう精《しよう》進《じん》いたしたまでのこと」

「お役目と申せば人が黙ると思うてか。口が減らぬ奴じゃ。単に食い意地が張っておるだけであろうが。ぶくぶくと肥えおって」

「いくら父上とは申せ、その言い条は聞き捨てなりませぬな」

「ふん。精進とは片腹痛いわ。お主が言うておることが真なら、いつまでたっても賄い方『助』なのが面妖《めんよう》よのう」

言葉に詰まった音次郎が、ちらりとこちらを見る。源蔵の毒舌をやめさせてほしいのだ。

いつもなら助け舟を出す巴だが、今日は誠之助のこともあって腹が立っていたので、気づかぬふりをした。

「どうじゃ、ぐうの音《ね》も出ぬであろう。悔しかったら、さっさと『助』の字が取れるように、それこそ精進するのじゃな」

ほおのあたりに視線を感じるのは、音次郎が見つめ続けているからに違いない。駄々っ子のようにちょっと口をとがらせて……。

音次郎はその巨体に似合わずかわいらしい口元をしていた。女子のように赤いぷっくりとしたくちびる……。

私は何を考えているのだろう。巴は少なからず狼狽《ろうばい》した。きっとこれは音次郎に見つめられているせいに違いない。

いけない。出かけなければならぬ刻限だ。

「よいですか、ふたりとも。もう誠之助をかわいそうな目にあわせないでくださいませ。遅れてはいかぬので、私はこれにて」

巴と共に、音次郎も大慌てで立ち上がった。

「弁当をまだ包んでおらなんだ。すまぬ」

源蔵の小言から解放されて、案の定ほくほく顔である。一方の源蔵は舌打ちをすると、面白くなさそうに煙草盆を引き寄せた。

〈にゃーん〉

廊下で顔を洗っていた朔夜が走り寄り、巴の足に体をすりつける。巴は朔夜を抱き上げ、胸の毛に顔を埋めた。

朔夜の喉を鳴らすごろごろという音とともに、かすかな振動が伝わってくる。そうしているうちに巴は落ち着きを取り戻した。

先ほど、音次郎のくちびるが急に目に浮かんだのは、いったい何だったのだろう。頭がおかしくなったのだろうか……。

そういえば、今朝は頭が重い。昨夜は源蔵と音次郎に腹が立ち、あまりよく眠れなかった。

そのせいで、きっと疲れているのだ。そうにちがいない。

お役目に差しさわりが出ぬよう、今日は絶対に気を抜いてはならぬ。少し道場で汗を流して頭をすっきりさせるのも良いやもしれぬ。

そうだ。いっそのことそうしよう。

朔夜を抱いたまま歩きながら、巴は胸を張り背筋を伸ばした。


配下の別式女内藤里《ないとうさと》、森下美緒《もりしたみお》、田所綾乃《たどころあやの》と一緒に、巴が上屋敷の道場で竹刀《しない》の素振りをしていると、男が入って来た。剣術指南役正木《まさき》勝之進《かつのしん》の嫡男数馬《かずま》である。

数馬は馬廻役筆頭をつとめている。歳は確か巴より三つ上。数馬はその眉の濃い精《せい》悍《かん》な顔をゆがめた。

「おやおや、先客がおったか。どうりで白粉《おしろい》くさいと思うたわ」

別式女たちは、白粉はもちろん、化粧は一切禁じられている。ゆえに白粉くさいというのは、数馬の嫌味である。

「われらは白粉などつけておらぬゆえ、おおかた正木どのの体からにおうのでありましょう」

巴の言葉に、別式女たちが顔を見合わせくすくす笑う。

「どういう意味だ」

「吉原《よしわら》でお楽しみだったのですね」

「昨夜は行っておらぬ」

「昨夜『は』ですか。ようわかりました」

数馬の顔が赤くなった。怒っているらしい。

数馬の吉原通いは家中で有名なので巴は皮肉ってやったのだが、それがようやく通じたものとみえる。ほとほと鈍い男だ。

「ちっ」と数馬が舌打ちをする。

「錦絵に描かれたからと申して、調子に乗るなよ」

「ご案じ召されるな。調子に乗るどころか、迷惑に思うておりまする」

これは本心だった。ただでさえ別式女は目立つ。

目立てば妬《ねた》まれることも多くなる。今までも巴はなるべく目立たぬようにと気を配っていたのだが、誠之助がいじめられるかもしれないことに思い至ってからは、より注意するようになっていた。

そこへ錦絵ときた。錦絵は今から六十年ほど前、美人画で有名な浮世絵師鈴木春信《すずきはるのぶ》によって考案された多版多色刷りの木版画で、錦のように美しいというのがその名の由来である。

絵師が一枚ずつ丁寧に描く肉筆画と違って、大量に刷ることのできる錦絵は安価なため、庶民が気軽に購《あがな》い楽しむことができる娯楽のひとつとしてたいそう人気があった。

鈴木春信が描いたことにより江戸中の男の評判の的となった谷中《やなか》の茶屋の少女笠森《かさもり》お仙《せん》のように、錦絵に描かれると注目を集めるのは必定である。

歌舞伎役者は描かれて人気が出るのは喜ばしいことであるし、吉原の大きな遊女屋の主が、商いのため自分の店の遊女を描かせることもあると聞く。小町娘たちも、描かれることによって益を得るのだろう。

だが、巴は違っていた。自分の錦絵など、どうか売れないでくれと願うばかりだ。金があれば、人々の目にふれぬよう一枚残らず買い占めてしまいたい。

「ほう。その口ぶりだと、すでに錦絵は見たのか」

「はい」

「おおかた、あのよう肥えた婿どのが買うてきて、にやにやしながらそなたに見せたというところか」

確かに音次郎は肥え太っているし、よくにやにやしているが、数馬に言われるとむっとする。巴はつけつけと応えた。

「夫が買うてきたのではありませぬが、錦絵は目にいたしました。なぜ私のような者が描かれたのかと苦々しく思うております」

「ふん、心にもないことを。嬉しゅうてたまらぬくせに」

「そのようにおっしゃるということは、正木どのは嬉しいのですね、ご自分が錦絵に描かれたら」

「それは違う」

「そうですか。ならば私と同じように迷惑に思うと」

「うっ……」

数馬が言葉に詰まる。巴と同じ考えだと言うのは癪《しゃく》だとみえる。

「どうなさいましたか？」

「いや、ちと用事を思い出したのでな。稽古はやめにいたす」

ほほう、これ以上言い負かされるのは悔しいので、尻尾《しっぽ》を巻いて退散するというわけか。わかってはおったが口ほどにもない奴じゃ……。

それでも数馬は傲然《ごうぜん》と胸を張り、道場を立ち去った。

「いつもながらお見事な巴様の切り返し。胸がすっといたしました」

里が笑顔をみせる。美緒が大きくうなずいた。

「私もです、巴様」

「そうか。ならばよかった。気は進まぬが、言い返さねばよけいに侮《あなど》られるゆえな。ただ、正木どのはあまり皮肉が通じぬので、私自身は溜飲《りゅういん》が下がるというほどではないのだ」

「正木様は時折私たちを、じろじろと、こう……嫌な目つきでご覧になるのです」

「里、遠慮せず、好色な目つきと申せばよいのに」

「失礼かなと思うたのだ、美緒」

綾乃が肩を回しながら顔をしかめる。

「正木様ご自身が失礼千万な方ゆえ、そのような斟酌《しんしゃく》は無用。はっきりと、『胸や尻をなめまわすように見ておる』と申せばよい」

「それはまことか」

巴の問いに、三人がうなずく。

「けしからぬな。叩《たた》きのめしてやらねば」

「でも、正木様はけっして巴様とは立ち合おうとなさいませぬから」

「巴様に負けるのがわかっておるゆえ」

「臆病者」

「これこれ、めったなことを申すでない。正木どのが、やすやすと私に負けるとは思えぬ」

殊勝なことを言ったが、本心では自分が勝つと確信している。だが、不遜な態度はほめられたものではないし、反感も買いやすい。

用心に越したことはない。敵はなるべく作りたくなかった。

「ご謙遜を。皆申しております。巴様のほうが腕は上だと」

巴はわざと顔をしかめた。

「無責任な噂よの」

「噂と申せば、私、面白いことを聞きました」

美緒の言葉に、里と綾乃が目を輝かせる。

「先日、祖父の法事で久々に叔父に会いまして。正木様と道場仲間だったという叔父の話によると、正木様は、家柄も剣の腕も申し分ないから、ご自分が巴様の夫になるのだと思い込んでいらしたとか」

「うぬぼれにもほどがある」

「巴様がおかわいそう」

「正木どのは嫡男だぞ。万里村の家に婿に入るわけがない」

巴の言葉に、美緒がにやりと笑う。

「それが、巴様を娶《めと》って男児をふたりもうけ、次男を万里村の跡継ぎにすればよいと申されていたとか」

「若気《わかげ》の至りというには、恥ずかしいを通り越して気味が悪いな」

「身の毛がよだちます」

「それで、巴様のお婿様が他の方に決まったと聞いて、寝込んでしまわれたのですって」

「よい気味」

「ざまを見ろ」

「そなたたち、いい加減にせよ。他人《ひと》を悪しざまに申せば、いつか己に返ってくるのだぞ」

巴にたしなめられて、三人が首をすくめる。

「さあ、稽古に戻りなされ」

「はい」と返事をし、別式女たちは再び素振りを始めた。

数馬が自分を好いていたとは思いもよらぬことであった。大殿様が婿を選ばなかったら、数馬と夫婦にされていたやもしれぬ。巴はぞっとした。

なにかというと数馬は巴にからんでくるが、巴のことを憎からず想うていたこととかかわりがあるのかもしれない。足元をすくわれぬよう、数馬には気をつけねばならぬ……。

4

誠之助が錦絵を隠していた日から七日ほどが過ぎたこの日、万里村家の面々は、巣《す》鴨《がも》村へやって来ていた。野遊びをしようというのである。

うす曇りで少し肌寒い。しかし音次郎は歩きながら大汗をかいていた。

「音次郎は肥え過ぎておるゆえ、そのように汗をかくのじゃ。見苦しいのう」

源蔵が顔をしかめる。首筋を手拭いで押さえながら音次郎が応えた。

「重箱をさげておるのです。汗くらいはご勘弁を。このような重き物をご老体に持たせて、腰を痛められでもしては困りますゆえ」

「誰がご老体じゃ」

「おわかりになりませぬか。ひょっとして呆《ぼ》けてしまわれたとか？」

「なんだと！」

「まあまあ、おじじ様。あまりお怒りにならないでくださいませ。頭に血がのぼって倒れたら大変です」

「孫にまで言われてはおしまいですな」

誠之助が眉を下げる。

「父上、あまりおじじ様をいじめないでください」

「ほうれみろ。誠之助はわしの味方じゃ」

「何を申すか、誠之助。いじめられておるのは父のほうだぞ。俺が婿入りして十年、一日たりともおじじ様のお小言が絶えたことはない」

「小言を申してこれじゃからな。言わねばどのようなことになるか。想像するだに怖ろしい」

「おじじ様も父上も、今日くらいは喧嘩をなさるのはおやめください。せっかくの野遊びなのですから」

誠之助にたしなめられ、音次郎も源蔵もようやく口をつぐんだ。できればずっと黙っていてほしいものだ。

それにしても誠之助が急に頼もしくなったこと……。今日の野遊びも、普段お役目で気がやすまらぬ母上に、のんびりしてもらいたいと、誠之助が自ら考えてくれたのだ。

誠之助の優しさが巴は素直にうれしかった。つい口元がゆるんでしまう。

できれば誠之助とふたりで来たかったというのが本音だが、そうもいくまい。

昨日は一日中、買い出しや下ごしらえにいそしみ、今朝は暗いうちから弁当を作っていた音次郎である。留守番していてくれとはとても言えない。

もちろん、孫との野遊びを楽しみにするあまり、昨夜はよく眠れなかった様子の源蔵にしても同様である。

まあ、口論になったら、また誠之助がいさめてくれるだろう。ふたりとも、誠之助には弱いのだから。

音次郎も源蔵も、それぞれ、誠之助には良き父、良き祖父でありたいと思っているようだ。そして、誠之助も今まではうまくだまされていた。

だが、誠之助は、自分の財布から金をくすねたのが音次郎だと察していたようだった。さらに、感づいていながら黙っていたのだ。

源蔵に話せば、音次郎と大喧嘩になると案じてのことだろう。ということは、音次郎と源蔵が誠之助に隠していた本性というべきものが、ばれてしまっていたことになる。

ところが、ふたりとも、それには気づいていないらしい。もしくはその重要性がわかっていないと言ったほうがよいのかもしれぬが。

人の心の機微《きび》がわかるにはまだ幼いと思っていた誠之助が、成長を見せているのに対し、音次郎と源蔵は、剣術で言えば脇が甘い。もう少し誠之助が大きくなって、軽蔑されねばよいのだが……。

それならば己はどうであろう。誠之助の尊敬に値する母であると胸を張って申せるのか。

お役目にかまけて、誠之助への目配りや心配りができているとは言い難い。だが、別式女筆頭として励まねば、万里村の家は立ちゆかぬ。

そうだとしても、あまりにも情けないではないか……。

「母上、大丈夫ですか？」

誠之助が心配そうな顔でたずねた。

「ええ」

「ならよかった。お疲れのように見えたので」

「ちょっと考え事をしていたのです」

誠之助が小首をかしげたので、巴はほほ笑んだ。

「今日はどこへ参るのかなと」

誠之助がにっこり笑う。

「それは内緒です」

しばらく歩くと、道端に立っている少年が手を振るのが見えた。途端に誠之助が駆け出す。

誠之助が少年に跳びつき、そのままふたりで犬ころのようにじゃれ合っている。相手も誠之助と同年配なので、おそらく友人だろう。なかなかにほほ笑ましかった。

巴が近づくと、少年はぱっと誠之助から離れ、礼をした。

「お徒士《かち》をつとめおります磯部《いそべ》半太夫《はんだゆう》が五男、五郎太《ごろうた》にございます。いつもうまい握り飯をいただきありがとうございます」

五郎太は小柄でやせているが、よく日に焼け、利発そうだった。

「誠之助の母の巴です。よう飯を炊き過ぎるゆえ、礼にはおよびませぬよ。こちらこそ、いつも誠之助と仲良うしてくれてありがとう」

「お母上ということは、あの、誠之助が見せてくれた錦絵……」

誠之助が、どんっと五郎太の背中をたたき、五郎太がはっとしたように口をつぐむ。

「誠之助、どうした。友だちか？」

あとからやってきた源蔵と音次郎に、五郎太が挨拶をする。

「母上、今日は五郎太が案内してくれるのです」

「そうですか、ありがとう」

ほほ笑みかけると、五郎太が顔を真っ赤にして口の中でごにょごにょ言った。

「その茣蓙《ござ》、私が持ちまする！」

五郎太がひったくるようにして巴から茣蓙を受け取り、肩に担いだ。

「さあ、行こう、誠之助。ここからならもうすぐだ」

大きな道から外れて小道を進んでは何度も曲がった。なるほど、これは道案内が必要だ。

いきなり誠之助が大きなくしゃみをした。五郎太がけたけた笑う。

「誠之助、鼻水がたれておる」

誠之助があわてて懐から懐紙を取り出したが、何か黄色っぽい物が足元にぽとりと落ちた。五郎太がさっと拾って手渡す。

「大事な財布を落としたぞ。竹筒を持ったままでは鼻をかみにくかろう。俺が持っていてやる」

誠之助は水を入れた竹筒二本を五郎太にわたすと、そそくさと財布を懐に入れた。

ぶひゅひゅう、と大きな音を立てて鼻をかむ。

財布？　誠之助の財布は藍色の蜻蛉《とんぼ》柄の巾着《きんちゃく》である。しかし、今さっき誠之助が落として懐にしまったのは、巴が初めて見る黄色の縞《しま》の巾着だった。

確かに五郎太は『財布』と言った。五郎太にとっての誠之助の財布は、黄色の縞の巾着なのだ。

藍色と黄色、ふたつの財布……。巴は「あっ」と心の中で叫んだ。

もしや誠之助は、ふたつの財布を使い分けているのではないか。思えば、源蔵が誠之助にいくら小遣いを与えているのか、巴も音次郎も知らぬ。

また、音次郎が誠之助の財布からいくらくすねているのか、巴と源蔵にはわからない。両方知っているのは誠之助ただひとりである。

誠之助は、源蔵からもらった小遣いの大半を黄色い巾着に入れているのではなかろうか。そして藍色の巾着にも時折少し金を入れておく。

藍色の巾着に金がなければ、誠之助がどこかに金を隠していると思って、音次郎は部屋のあちこちを探すに違いない。そのときにたくさん金が入った黄色い巾着が見つかってしまうと大変に困る。

かくして誠之助は藍色の巾着に『餌《えさ》』となる金を入れ、わざと音次郎に盗ませていた。源蔵と音次郎の板挟みになって誠之助がかわいそうだと巴は思っていたが、それどころか、源蔵も音次郎も、誠之助の手のひらの上で踊らされていたのだ。

いやいや、それは考え過ぎというもの。決めつけてしまってはいけない。

誠之助はまだ九つだ。おとなを手玉に取るような芸当ができるわけがなかった。

しかし、ひとつ気になると、次々に疑問がわいてくる。巴が描かれた錦絵のことだ。

うっかり五郎太が口を滑らせてばれてしまったが、誠之助は錦絵を五郎太に見せている。きっと他の友だちにも見せたのだろう。

だから、家で錦絵を隠していたのは、単に、買ったことを叱られるのが嫌だったというのが、その理由かもしれない。おそらく、おとなたちが想像したように、巴のお役目を慮《おもんぱか》ってのことではないのだろう……。

考え事をしながら歩いていたため、巴は自分が林の中を歩いていることに今さらながら気づいた。

誠之助と五郎太は、なにやら楽しそうに語り合いながら巴の前を歩いている。一抹の寂しさに、巴の心はちくりと痛んだ。

しばらくして急に目の前が開けた。林を抜けたのだ。

巴は思わず息をのんだ。桜の大木が、満開の花をつけていたのである。

花見の時期はとうに過ぎ、どこも葉桜になってしまっている。今になって桜の花を見ることができようとは思いもよらぬことであった。

「見事じゃのう」

「これほどとは思いませなんだ」

珍しく意見が一致した源蔵と音次郎がうなずき合っている。

「ほんにきれいだこと……」

「母上にゆっくり花見をしていただきたかったのです。この木は五郎太が探し出してくれました」

「五郎太どの。美しい桜をほんにありがとう」

五郎太がはにかんだ笑顔を浮かべる。

「握り飯のお礼です」

「この木は、隣の林の陰になるので、毎年花が咲くのが遅いのだそうです。なあ、五郎太」

誠之助の言葉に、五郎太がうなずいた。

花見をさせてやろうと思ってくれたふたりの気持ちがとてもうれしい。誠之助も良い友を持ったものだ。巴は目頭が熱くなった。

「さあ、弁当を食おう。たんと歩いたゆえ、腹が減った。五郎太の分もちゃんとあるぞ。遠慮するな」

桜の木の根元近くに敷いた茣蓙に座って見上げると、重なった枝についた花がすべて満開になっているため空が見えぬほどだ。

まるで夢のような美しい光景に吸い込まれてしまいそうな心持がして、巴は大きなため息をついた。

「今日の弁当はうまいぞ」

音次郎がいそいそと重箱を並べる。この人はまさに『花より団子』なのだと、もう少し桜を眺めていたい巴は不満に思った。

「わあ、すごい！」

誠之助と五郎太の歓声につられて弁当に目をやった巴は、「まあ！」と思わずつぶやいた。鰆《さわら》の味噌漬けの焼き物、アワビの煮つけ、イカの松笠《まつかさ》焼き、紅白かまぼこ、卵焼き、焼き豆腐、つくね。煮しめは、ニンジン、フキ、シイタケ、コンニャク、サトイモ、レンコン。そして菜の花のおひたし、青菜の白和《しらあ》え。タケノコご飯の握り飯。

重箱にみっしりと詰められた弁当は、どれもとてもおいしそうだった。さっそく源蔵が握り飯にかぶりつく。

「うまい！　春じゃのう……」

巴も父にならって握り飯をひと口食べた。タケノコご飯は巴の好物である。ほのかに木の芽が香る。

「おいしい」

音次郎と子どもたちは皿におかずを盛り、無言でせっせと食べている。巴も卵焼きに箸を伸ばした。

私も音次郎どののことは言えない。『花より団子』だ。

ああ、幸せ……。巴はふたつ目の握り飯をほおばった。

第二話　端午の節句

1

近ごろ蒸し暑い日が続いている。そろそろ梅雨《つゆ》が始まりそうなあんばいであった。

五月五日、端午《たんご》の節句を迎えた万里村家の面々は、朝餉の膳に向かっていた。源蔵が目を細める。

「巴、たんと食うておけよ。今日のお役目は特別じゃからのう」

「はい、承知いたしました」

「握り飯を作ったゆえ持って行け。食いやすいように小ぶりにしておいた」

巴は音次郎に会釈をした。

「ありがとうございます」

「誠之助には力が出るよう大きな握り飯だ」

「父上、中身は何ですか？」

「食うてのお楽しみ。それより、頑張れよ」

「はいっ！」

端午の節句ということで、今日は道場で試合があるのだった。門人総出の大掛かりなものである。

もちろん誠之助は大張り切りだ。

「母上、今年はくじ運が良うて、誠之助は午後遅い試合に出ることになったのです。絶対勝ちますから見にいらしてください」

「それは重畳《ちょうじょう》。お役目が終わったら、急いで駆けつけることといたしましょう」

端午の節句は幕府の重要な式日《しきじつ》のひとつで、早朝から藩主の斉俊が染帷子《そめかたびら》の式服で千代田《ちよだ》のお城に上がり、他の大名や旗本とともに、将軍に祝いを述べて柏餅《かしわもち》を献上することになっている。雨城藩上屋敷では、斉俊の帰宅を待って、一堂に会した家臣たちが祝いを述べ、斉俊からは柏餅が下賜《かし》されるのがならわしだった。

別式女は藩主に拝謁はしないが、巴には、端午の節句ならではのお役目があったのだ。そのため、端午の節句の試合での誠之助の晴れ姿を見てやったことがない。

それが今年はかなうというので、巴は胸がはずんだ。

「母上、見に来てくださいね。きっとですよ」

巴はほほ笑みながらうなずいた。非番の日に時折稽古をつけてやるが、誠之助の剣の腕前は、中の上というところだ。親の欲目かもしれぬが、なかなか筋が良いとひそかに楽しみにしている。

別式女筆頭の倅として、剣の才がまったくないというのでは面目まるつぶれであろう。しかし、今の状態ならば、これから伸びるのだと、本人も周りも期待しても許される。

もっとも、巴も音次郎も源蔵も、誠之助に剣の道を邁進《まいしん》してほしいと思っているわけではない。それどころか、剣以外で身を立ててくれたらよいのにというのが本音であったりする。

いくら戦《いくさ》のない泰平の世だといっても、剣でお家に奉公するとなれば、やはり命を失う可能性があるからだ。書き物をしたり、殿様の袴をたたんだりしているほうが、親としては心配せずにすんでありがたい。

もう少し算術ができるようになれば、勘定方がつとまると源蔵は考えているようだ。源蔵とは犬猿の仲である音次郎は、賄い方を誠之助にすすめるのではと想像しがちだが、実際はそうではない。

「誠之助に賄い方はつとまらぬ」というのが音次郎の持論だった。さすがに誠之助の前で口にすることはないが、巴は今まで何度か耳にしたことがある。

賄い方になるためには、味覚が鋭敏でなければならぬのだという。わずかな味の違いがわかる舌を持っていることが必要なのだった。

この点に関しては、誠之助は心配ないとのことだ。音次郎が作るうまいものを、赤子のときから食べているので、舌が肥えているらしい。

だが、いくら優れた味覚をもっていようとも、料理が下手であればお話にならない。記憶にある美味を再現できなければ意味がないのだ。

音次郎の料理の才を誠之助が受け継いでいれば問題ないが、誠之助は、ほかならぬ巴の血も引いている。

いまだに飯すらうまく炊けぬ巴の料理下手を受け継いでいる可能性はおおいにある。それに、どうやら誠之助はあまり器用ではないらしい。

以上のことを鑑みて、音次郎は、誠之助に賄い方をすすめるのは慎重になっているらしい。そのいっぽうで、料理の才が無いと、まだ確定したわけでもない。

きまって音次郎は、「もしかしたら、すごい料理を作る腕を持っているやもしれぬ。なにせ俺の子だからな」という言葉で話を終えるのが常であった。

まあ、剣にしろ、算術にしろ、料理にしろ、特に秀でているところは、いまだ誠之助には現れていない。何にでもなれるというと聞こえはよいが、もしかすると、優れた才などなにもないのかもしれなかった。

だが、凡才でもよいと巴は思っている。真面目にこつこつとお役目を果たし、息災で家を守ってくれればご先祖様にも申し訳が立つ。

とにかく、誠之助には幸せに暮らしてほしい。巴の願いはそれのみであった……。

巴は卵焼きをほおばり、飯をかきこんだ。あと、イワシの生姜煮と納豆汁も膳にのっている。

「父上、今夜の宴《うたげ》の客は例の御仁を入れて八人で間違いございませぬか」

「ふむ。わしはまだぼけてはおらぬぞ」

「料理の都合がありますので、あとからの変更はご遠慮ください」

「みみっちいのう。ふたりや三人分の余裕をみておけ」

顔をしかめる源蔵に、音次郎が大仰に目を見開く。

「えっ、増えるのですか？」

今夜は親戚や知人など近しい人を招き、誠之助の端午の節句の祝いの宴を開くのだ。巴に兄や弟がいなかったため、長らく途絶えていた端午の宴だが、誠之助の誕生とともに再び祝われるようになったという経緯がある。

そのため、万里村の家としてはかなり力の入った宴となっており、賄い方をつとめる音次郎が料理を供することもあって、客人たちも大変楽しみにしているのであった。

「誠之助は万里村家の大切な跡取りだぞ。大勢で盛大に祝ってやりたいではないか」

「もちろん承知いたしております。私もそのつもりで腕によりをかけて料理を作る所存ですが、それだからこそ、客の人数がはっきりせぬのは困るのです」

「はっきりせぬことはないぞ。ひとりくらい増えるやもということだ」

「増えるのはひとりだけですか」

「呼ばれておらぬでも来る者が他にもおるかもしれぬ……」

「まったく！　万里村の親戚は図々しい者が多くて困ります」

「なんだと！　我が一統の悪口を申すのなら、わしも言うてつかわそう。そなたの実家は何だ。孫の節句の祝いに誰も来ぬではないか」

「父も兄も、殿が催される宴の料理を作らねばならぬゆえ忙しいのです」

「ほうほう、そなたにはいっこうにお声がかからぬな」

「……そんなことはございませぬ」

「誠之助の節句の祝いは、ずっとそなたが料理を作っておるではないか。つまりは一度も殿の宴の準備には呼ばれておらぬということじゃ」

「何を申されます、父上。私は毎年休みをやりくりして、端午の節句が非番になるようにしておるのです。これがまたなかなか大変で……」

「家にいてくれとは誰も頼んでおらぬぞ」

「ほう、よろしいのですか。まずい料理を客に出して大恥をかいても」

源蔵が絶句する。巴が料理を作れぬことを、今さらながら思い出したらしい。

頭に血がのぼると、いろいろなことを失念してしまうのは年寄りの十八番《おはこ》である。

「仕出しをとればよいではないか」

「そんじょそこらの店の仕出しと私の腕を一緒になさらないでいただきたい」

「ふん、大口をたたきおって」

「私は、大殿様おかかえの料理人と申しても過言ではないのですから。私の料理の腕にけちをつけるのは、大殿様の舌が肥えていらっしゃらぬと悪口を申すのと同じと心得ていただきたい」

「ふん、それならば、そなたがよう通うておる高級料亭に仕出しを頼めばよい」

「それはようございますが、とても十両やそこらではすみませぬよ」

言葉に詰まる源蔵を見て、音次郎がにやりと笑う。

「すると、なにか？　そのように大金がかかる料亭へ足繁く通うための銭は、いったいどこから出ておるのかのう。賄い方『助』の分際で」

今度は音次郎が口をつぐむ番だった。

「そ、それは、大殿からいただくお手当にて……」

「嘘をつくな。巴に出させておるのであろう」

「いいえ、断じてそのようなことは」

「まことか」

「はい」

「では、決して巴に小遣いを無心してはならぬぞ」

さすがは父上。巴は心の中で快哉《かいさい》を叫んだ。

音次郎が例のごとくすがるような目でこちらを見ている。

「ごちそうさまでした。では、遅れてはならぬゆえ、私は、そろそろお屋敷へ参ります」

「誠之助も、稽古をするので、早めに道場へ参ります」

「では、一緒に出ましょう」

巴は誠之助にほほ笑みかけると、音次郎を無視して立ち上がった。

2

端午の節句、雨城藩上屋敷では、門前に鍾馗《しょうき》や武者絵を染め抜いた幟旗《のぼりばた》と吹き流しを何本も立て、先祖伝来の甲冑《かっちゅう》と毛槍《けやり》を飾った。甲冑姿の巴は烏帽子《えぼし》をかぶり、肩に矢を入れた箙《えびら》をかけて門前に立っている。

端午の節句の飾り物の武者人形として人気の、神功皇后《じんぐうこうごう》の扮装であった。上屋敷の節句飾りは毎年のことで、見物人も多いため、もちろん警護も兼ねているのだ。

神功皇后は、日本書紀に登場する第十四代仲哀《ちゅうあい》天皇の皇后であった。天皇とともに九州征伐に赴き、天皇崩御ののちは遺志を継いで身重《みおも》の体で新羅《しらぎ》に渡って戦ったと伝わっている。

勝利をおさめて帰国後、無事赤子（のちの応神《おうじん》天皇）を出産。武勇に優れ戦いの女神とされながら母親でもあるところが人気を博していた。

雨城藩では昔から特別に甲冑をあつらえ、端午の節句には別式女に神功皇后の扮装をさせている。武勇に優れた母親ということで、巴は誠之助を産んでからずっとこのお役目をつとめていた。

巴の甲冑姿を目当てにやって来る見物人も大勢いる。丈夫に育つように、赤子や幼子を抱いてやってくれと頼まれることもよくあったが、もちろん巴はこころよく応じていた。

よく肥えた赤子を抱きながら、ふと巴はいぶかしく思った。今年はやけに見物人が多い。

しかも子どもを連れずに来ている者が大勢いるように思われる。女子もいるが男が目立つ。

友だちらしき男どうし二、三人で誘い合わせてやって来たという感じだろうか……。

「これが墨堤の……」

「……花見の立ち回り」

「別式女の万里村巴……」

耳に入って来たひそひそ声で巴は腑に落ちた。思わず顔をしかめそうになったがこらえる。

花見の折の出来事を描いた錦絵のせいだと思われた。錦絵を買った人々が、巴を見ようと訪れているのだ。

世の中には暇人《ひまじん》が多いとみえる。皆、他にすることはないのか……。

花見からふた月近くがたっている。巴のほうは忙しさにかまけて錦絵のことは頭の片隅に追いやられてしまっていた。

しかし、世間の人々は忘れてはいなかったらしい。今年は誰かに代わってもらえばよかったやもしれぬ。

巴は己のうかつさに、舌打ちをしたくなった。

「近所の餓鬼でも連れてくりゃよかったな。この子が丈夫に育つように抱いてもらえませんかってな」

「おう、そうすりゃもっと近くで顔を拝めたのによう」

「惜しいことしたな。その辺で遊んでる童《わっぱ》をさらってくるか」

ひそひそ相談している男たちのひとりと目が合ったので、巴は思い切りにらみつけてやった。

きまり悪げに目をそらすか、それとも逃げ出すかと思ったら、男の顔が喜びに輝いた。

「おい！　俺、別式女筆頭と目が合ったぞ！　しかもにらまれた！」

「えっ、いいなあ」

「俺もにらまれたい」

巴は馬鹿々々しくなったのでわざとそっぽを向き、男たちから離れた。近くにいた男の子の頭をなでる。

よいか。そなたはあのような阿呆に育ってはならぬぞ……。

そうこうしているうちに、昼近くになった。もうそろそろ藩主の斉俊が帰って来るころあいだ。

先ぶれ役の中間《ちゅうげん》が藩主の帰宅を知らせた時点で、見物人は帰らせることになっていた。万一のことがあってはならぬからである。

藍色のお仕着せを身につけた三十代半ばくらいの小者《こもの》らしき男がやってきた。手に竹ぼうきを持っている。

見かけぬ顔だが、今日は式日で人手がいるため、中間も小者も何人か雇い入れているはず。おそらくそのうちのひとりだと思われる。

見物人がいなくなったら、すぐに道を掃き清めるつもりなのだろう。ごみなど落ちていたら大事だ。

巴のほうは見物人を帰せば、本日のお役目は終わりということになっている。甲冑をぬいで具足係に引き渡したあとは、誠之助の試合を見に、駒込の下屋敷へ向かうつもりだ。

この調子ならば、音次郎が作ってくれた握り飯を食べることもできそうだった。握り飯のことを考えたせいだろう、腹が鳴った。

気を抜いてはいかぬ。巴は己を戒めた。

突然、赤子の泣き声がしたので、巴ははっとして目をやった。茜色《あかね》の縞の着物の二十過ぎくらいの女子が、少し慌てた様子で抱いている女の赤子をあやしている。乳がほしいのか襁褓《むつき》が濡れたか、それとも眠くてぐずっているのか……。

小者が竹ぼうきを持ったまま母子に近づいた。

「おお、おお、どうした。よしよし」

子ども好きなのであろう。小者が笑顔でそっと赤子の頭をなでた。

だが、赤子は真っ赤な顔でそっくり返って泣きわめいている。

「かえって泣かしちまった。すまねえ」

小者が照れくさそうに横鬢《よこびん》をかく。母親は赤子をあやしながら笑顔で「いいえ」と応えた。

「おっかさんに乳を飲ませてもらいな」

小者の言葉に会釈を返して母親が歩き出そうとした瞬間、さっと小者の手が動き、小さな袋のような物を素早く母親の袂《たもと》に落とし込んだ。一瞬のことなので誰も気づいていない。

素知らぬ顔で元いた場所に戻ろうとする小者に二寸ほどの大きさの石を投げつけておいて、巴は母親と赤子に向かって走った。

「うっ」といううめき声と、どさっという音を背中に聞きながら母子に追いついた巴は、母親の袂をつかんだ。先ほど小者が投げ込んだ袋らしきものが手に触れる。

母親は驚いて巴から逃れようとしたが、巴は赤子ごと母親を抱きかかえた。そのまま引きずるようにして門まで戻る。

巴が投げた石が頭に命中した小者は気を失って地面に倒れており、警護にあたっていた馬廻役の滝本慎吾《たきもとしんご》が介抱している。

「滝本どの。その男を縛り上げておいてくれ。おそらく盗人《ぬすっと》だ」

「ええっ！　しょ、承知つかまつった！」

巴は母親の袂から藍色の小さな袋を取り出した。握った感触からすると、何か硬いころんとしたものが複数入っているようだ。

「万里村様！」

慎吾と同役の佐川太一郎《さがわたいちろう》が駆け寄る。

「この女子が逃げぬように捕まえておいてくれ」

後ろ手にさせた女の両手首を刀の下げ緒で縛りながら、太一郎がたずねる。

「いったい何があったのですか」

赤子を抱いた巴は、藍色の袋を慎吾と太一郎に見せた。

「小者がこの袋を女の袂に入れたのだ」

巴はふと思いついて赤子の着物をめくってあらためた。案の定、太ももの内側に赤いあざができている。

「おおかたつねって赤子を泣かせ、小者があやす体《てい》で近づくという筋書きであったのだろうな。かわいそうに、痛かったのう……」

母親はくちびるをかみしめそっぽを向いている。巴は袋の中身を手のひらに出した。

巴と馬廻役のふたりは、思わず「あっ」と声をあげた。根付が三つ現れたのだ。

毬とたわむれる犬、眠っている獅子、仙人らしき人物。どれも象牙《ぞうげ》で作られ、精巧な細工が施されている。

これほどの上物《じょうもの》、おそらく殿や大殿がお使いになっているものであろう。お納戸《なんど》へでも忍び込んで盗んだものか……。

巴は太一郎を門前に残し、慎吾とふたりで、小者と母親を台所の横にある物置に連れて行って閉じ込めた。慎吾を門前の警護に戻したあと、呼ばれてやって来た別式女の内藤里と田所綾乃に、物置のふたりの見張りを命じる。

盗人たちの詮議は、殿が屋敷に戻られ、端午の節句の祝いを終えたあとになる。巴も事の次第を報告せねばならぬ。

「さて、そなたをいかがいたそう」

巴は腕の中の赤子を見つめた。

「なぜわしが赤子の子守をせねばならぬのだ」

己の部屋の座布団の上で眠っている赤子に、源蔵が顔をしかめる。

「音次郎どのもお梅《うめ》も、今夜の宴の支度に忙しく、手がすいている者がおらぬのです」

梅というのは女中である。巴が子どものころから万里村家に奉公している。

「粥を食べさせて襁褓も替えましたゆえ、おとなしゅう眠っておるはずです」

「いったいどこの子じゃ」

「それが、わからぬのです」

最初は、小袋を受け取った女子の子どもだと思っていたが、違うのやもしれぬ。さっき襁褓を替えるときに見たら、太もものつねられたところがかわいそうに青あざになってしまっていたのだ。

自分の赤子を思い切りつねることができるものなのだろうか……。どこかからかどわかしたとも考えられる。

「どういうことだ」

「お役目にかかわることゆえ申せませぬ」

「……お役目とな」

「はい。私もすぐにお屋敷に戻らねばならぬのです」

腕組みをしながら源蔵が「ううむ」とうなる。

「もしやお家の一大事なのか」

「と申してもよいと思われまする」

「ならば仕方がないのう」

「ありがとうございます」

「この年になって、まだお家の役に立つことができるのは幸せやもしれぬ」

「さすがは父上」

源蔵がにやりと笑う。

「それはまあ、そなたのぐうたら婿どのとは性根《しょうね》が違うわ」

源蔵が指で赤子のほおをつついた。

「よう寝ておる。名がないと不便じゃ。『五月』とでもするか」

「まあ、良い名だこと。それでは父上、五月《さつき》をよろしくお願いいたします」

「まかせておけ」


「ええと、泣いた赤子をあやす体で小者が女子に近づき、袂に根付が入った小袋を落とし込んだと、そういうことか」

目付《めつけ》をつとめる柴本伊織《しばもといおり》に事のあらましを説明した巴は、「はい」と応えた。

「そしてそなたは小者に石を投げて昏倒せしめておいて、逃げようとする女子を捕らえた。さすがは別式女筆頭じゃ」

伊織が表情をゆるめると、細い目が糸のようになった。巴は軽く頭を下げる。

「とすると、小者と女は仲間で、元々示し合わせていたということやもしれぬな」

伊織が腕組みをし、天井を見上げた。思案を巡らせているらしい。

伊織の顔立ちは整っているが、目から鼻に抜けるなどというのとは程遠く、どこかうすらぼんやりとしていた。目付というより、御文庫の書物の虫干しをしているのが似つかわしい雰囲気を漂わせている。

「あの小者、これが初めての盗みではない気がいたす。あちらこちらのお屋敷に雇われるたびに罪を重ねていたのではないか。盗品が根付というのがなあ。他にいくらでも盗む物があるのに、小さくて持ち運びしやすい上に高く売れる物を選んでおるのが手慣れておるわ。まあ、相棒の女子はひとりではないかもしれぬがな」

「なぜ受け取り役の女子はひとりではないと?」

思わず聞いてしまい、しまった、出過ぎたことをしたと巴は後悔した。しかし、伊織は巴が興味を持ったことを面白がっているようだ。

「己のことを知られ過ぎていると、女子が捕まったときにぺらぺらしゃべられて都合が悪いのではなかろうかと思うて」

「とかげの尻尾切りのように、見捨てて素知らぬ顔をするというわけですね」

「まあ、そういうことよの」

悪党なら当然の仕打ちだろうが、なんとなく巴は割り切れなかった。女子が哀れに思われたのだ。

「何か申したいことがありそうだな」

「いいえ、そのようなことは」

気持ちが顔に出てしまっているのか、それとも伊織の勘が鋭いのか……。ぼうっとしているように見えて、やはりさすがは目付だ。

この男をあなどってはいけない。巴は心を引き締めた。

巴の心を見透かしたように、伊織はにまっと笑った。

「ところで、赤子はどうした」

「役宅で家の者に子守をしてもろうております」

「それは助かる」

「あのう……」

「どうかしたか」

巴は思い切って自分の考えを述べてみることにした。

「私は、あの女子が母親ではない気がしてならぬのです」

「ほう……」

「女子は赤子を泣かすために太ももをつねったらしく、かわいそうに青あざになっておりました。母親が実の子をそれほど思い切りつねることができるものかと、不思議に思うた次第です」

「なるほど」

伊織があごをなでる。

「どこかからかどわかしてきたのやもしれぬな。もしそうならば、今ごろ親は必死に探しておることだろう」

赤子はまだ歩けぬから、昼寝をしていたところを、親が目を離したすきにさらったのだろうか。

「これはやはり、急いで奉行所に届けねばならぬな……」

「小者と女子も奉行所に突き出すのですか」

「小者が盗みを繰り返しておったのなら、よその藩では捕らえることがかなわなんだ盗賊を捕縛したのだからな。お家の名に傷がつくどころか名誉なことよ。別式女筆頭のお手柄じゃ」

「それが、いささか困るのです。実は、今日のお屋敷門前の見物人の数が増えていまして。お恥ずかしいことに、錦絵に描かれた私目当ての者が大勢いたようでした」

「なにも恥ずべきことではない。そなたは狼藉者《ろうぜきもの》から奥方様や皆様をお守りした。立派にお役目を果たしたのだ。胸を張っておればよい」

伊織の表情は真剣だった。

「しかし、錦絵に描かれて私がいい気になっていると思っておられる方もいらっしゃるようですし……」

「言わせたい奴には言わせておけ。殿はお喜びであったぞ」

「そうなのですか」

「おう。我が藩に別式女がおることを、とやかく言う輩《やから》がおるらしゅうてな」

それは初耳だった。

「さしたる理由はない。やっかみとか難癖とかそんなところよ。それゆえ、別式女が活躍すれば、それ見たことかと鼻高々と言うわけだ」

殿が私たち別式女の味方でいてくださっているとは。巴は感激で胸がいっぱいになった。

「それゆえ、今日盗人を捕らえたことも、殿は大いに喜ばれるだろう」

「ならばようございました」

「いろいろ風当たりも強いであろうが、頼もしゅう思うておる者も家中には大勢おる。まあ、俺もそのひとりだ。困ったことがあったら、いつでも相談にのるぞ」

「ありがとうございます」

巴は深々と頭を下げた。

3

巴は役宅に駆け込んだ。

「父上！」

縁側で座って赤子を抱いている源蔵が、顔をしかめてくちびるに人差し指をあてる。あわてて巴は声をひそめた。

「申し訳ありませぬ」

「いかがいたした。慌てふためくとは巴らしゅうもない」

「五月の身元が分かったのです」

「なんと！　それはまことか！」

「はい。親が迎えに参りました」

目付の柴本伊織が奉行所に赤子の件を知らせたところ、すでに滝野川《たきのがわ》村の名主《なぬし》からかどわかされた旨の届けが出されており、身元がすぐにわかったのだそうだ。巴は小者と女子の取り調べにも立ち会ったが、その間に名主に伴われて赤子の親が迎えに来たのである。

「実は、五月はかどわかされていたのです」

源蔵が目をむく。

「かどわかしだと？　下手人は捕まっておるのか」

巴はうなずいた。

「もしやそなたが捕らえた……いや、聞いてはならぬな。とにかくよかった。ほれ、早う連れて行ってやれ。親はたいそう案じておるであろうて」

巴は源蔵から赤子を受け取った。よく眠っていて、身じろぎもしない。

「父上、ありがとうございました」

「なんのなんの。それより……ついさっき、誠之助が戻ったぞ」

「そうですか……。試合を見に行ってやれず、かわいそうなことをいたしました」

「お役目であったのだから、仕方あるまい。そのくらいのこと、誠之助もわかっておるだろうて。気に病むな」

「ですが……」

「さあ、早う行け。親が待ちかねておるぞ。誠之助にはあとで謝ればよいことだ」

巴に見に来てもらえると、あんなに楽しみにしていたのに。やむを得なかったとはいえ、ほんにむごいことをしてしまった。

朝餉の折の誠之助の笑顔がよみがえり、巴は胸が痛んだ……。

客人のお供のための控え所に赤子を抱いた巴が入ると、目付の伊織の他に男がふたり、女子がひとり座っていた。名主と赤子の両親だと思われる。

腕の中の赤子に、巴は心の中で語りかけた。

『よかったのう、父御《ててご》と母御が迎えに来てくれておるぞ』

赤子を目にした両親らしきふたりが、腰を浮かしかけてやめた。その代わりのように、目から涙があふれ出る。

「名主の瀬川八兵衛《せがわはちべえ》と、赤子の両親だ。さあ、赤子をわたしてやってくれ」

伊織にうながされ、巴は赤子を母親の前へ差し出した。受け取った母親が「お小夜《さよ》！」と叫びながら抱きしめ、父親が母親ごと赤子をかかえた。

ふたりとも声をあげて泣いている。無理もない。大切な我が子がかどわかされたのだ。どんなに心配したことだろう。

お小夜が目を覚まし、「ふぇええ」と泣き出した。名主の八兵衛が深々と頭を下げる。

「このたびはまことにありがとうございました。厚く御礼申し上げまする」

父親があわてて頭を下げる。母親もそれにならった。伊織がほほ笑む。

「なんの、なんの。こちらも赤子の親が見つかってほっといたしておる。ゆえに堅苦しいことは抜きじゃ。もう帰ってよいぞ」

「それではお言葉に甘えまして」

八兵衛と両親がもう一度頭を下げた。そして、父親があわてた様子で、自分のうしろに置いてあった菰包《こもづつ》みをあける。

「どうぞ召し上がってくだせえ。ほんにありがとうごぜえました」

差し出されたのは三尺以上ある見事なニンジン十本。きれいな淡紅色《たんこうしょく》をしており、独特な良い香りを放っている。

そういえば、滝野川村はニンジンの産地であった。

「これはかたじけない。うまそうだな。皆でいただくとしよう」

伊織に続いて、巴も頭を下げた。

「ありがとうございます」

お小夜は泣き止んで、両親の顔を見ながらにこにこ笑っている。巴は急に誠之助に会いたくなった。

「赤子は無事に帰ったのか」

巴が役宅の玄関に入るや否や、源蔵がたずねる。巴の帰りをじりじりしながら待っていたのだろう。

「はい。迎えに来ておった両親が泣きながら抱きしめておりました」

「そうであろう、そうであろう。いやはや、よかったのう」

「父上、赤子の守りをしていただき、まことにありがとうございました」

深々と頭を下げる巴に、源蔵がかぶりをふった。

「いやいや、あれしきのこと、礼にはおよばぬ。役に立ててよかった。久しぶりに赤子を抱けて、なかなか楽しかったぞ」

「そういえば、赤子の名は『小夜』と申すらしゅうございます」

「ほう、良き名じゃ。さすがに『五月』ではなかったのう」

「お礼にこれをもらいました」

巴がニンジンを掲げてみせると、源蔵が目を丸くした。

「これは見事なニンジンじゃな……。わかったぞ。赤子の里は滝野川村の百姓とみた」

「さすが父上。ご明察です」

「しかし、滝野川村からかどわかされて、こんなところまで連れてこられていたとは。親たちがいくら探しても見つからぬわ」

「そうなのです。名主が奉行所へ届けていたので、お屋敷から知らせたときに、すぐ身元がわかったらしゅうございます」

「なるほどなあ。赤子を嬰児籠《えじこ》にでも入れておいて家の者らが畑に出かけたところをかどわかされたか……。もしや下手人は女子か」

巴は無言でうなずいた。

「女子ならば、赤子を抱いていてもあやしまれぬ。しかし、親が見つかってほんによかった」

源蔵がしみじみとした様子であごをなでる。

「父上、あれから誠之助はどういたしておりますか」

途端に源蔵の顔がくもった。

「さっきおやつを一緒に食うたのだが、さすがに口数が少なかったのう。部屋におるのではないか。行ってやれ」

「はい」

誠之助の部屋の障子が閉まっている。巴は廊下で「誠之助」と呼びかけた。

「はい」と応えがあったので、静かに障子を開けて中に入る。

巴は誠之助と向かい合って座った。目の周りと鼻が赤い。おそらく泣いていたのだろう。

「約束していたのに試合を見に行けず、申し訳ないことをしました」

頭を下げる巴に、誠之助はふわりと笑った。

「良いのです。母上はお役目でおいでになれなかったと、おじじ様から聞きました」

巴ははっとした。いつも試合を見に行ってくれる源蔵に、赤子を預けてしまっていたことに気づいたのだ。

大勢で応援に来ていた家もあったであろうに、誠之助は誰もいないひとりぼっち……。

「私が赤子の守りを頼んだせいで、おじじ様までそなたの試合を見に行けなんだ。まことにすまぬ」

「お気になさらないでください。どうせ負けてしまいましたし」

「精一杯がんばったのなら、負けても恥じることはない。お師匠様もいつも申されておろう。剣は心。勝ち負けは二の次」

言いながら巴は、己の言葉に白々しさを感じた。約束を違《たが》えたくせに……。

だが、誠之助は素直にうなずいた。

「そういえば、赤子の親は見つかったのですか？　迷子だと聞きましたが」

「ええ。両親が迎えに来て家に帰りましたよ」

「それはよかった。おじじ様に赤子を抱かせてもろうたのです。小さくてあたたかくてすごくかわいかった。もし親が見つからなんだら、うちの子にもらえぬか、母上にお願いしようと思っていました」

「まあ、そうだったのですか」

そういえば、誠之助がもっと小さいころ、自分にきょうだいがいるといいのにと言っていたことがあった。いつからか口にしなくなったのですっかり忘れてしまっていたが、そういう思いはまだこの子の胸の中にあるのだ……。

これはまことのことをきちんと話しておかねばならぬ。巴は誠之助の目を見つめた。

「よいですか、誠之助。これから申すことは他言無用《たごんむよう》」

誠之助が緊張した面持《おもも》ちで「はい」と答える。

「あの赤子はただの迷子ではなく、かどわかしにあったのです」

「えっ！」

「親たちは必死に探したに違いありませぬ。もう戻ってこぬと思うたやもしれぬ。赤子を抱いて、両親は声をあげて泣いておりました」

誠之助の目から涙がこぼれ落ちる。「ほんに良かった」というつぶやきが聞こえた。

「誠之助……」

巴は思わず誠之助を抱きしめた。

4

宴の客が訪れる刻限にはまだ早いが、巴は出迎えのために玄関で座していた。

「御免！」

「いらっしゃいませ。本日はお運びいただきありがとうございます」

七十過ぎくらいの老人ふたり連れに、巴は両手をつかえ丁寧に頭を下げた。やせて鷲鼻の年寄りは巴の祖父の末弟の佐々木《ささき》宗右衛門《そうえもん》、太っていて獅子鼻のほうは昔勘定方の組頭をつとめていた安藤半左衛門《あんどうはんざえもん》である。

巴の祖父は七人きょうだいであったそうだが、健在なのは末っ子の宗右衛門だけになってしまっている。まあ、一族の長老とでもいうところか。

宗右衛門がぎろりと巴をにらむ。

「半左衛門の家で酒を飲んでおったのでな、連れ立って来たのだ。半左衛門が参っても、別に不都合はあるまい」

「はい。もちろんでございます。皆が喜びましょう。さあ、奥へどうぞ」

毎年、宗右衛門はこうやって、招待されていない半左衛門と一緒にやって来る。巴もすっかり慣れっこになっていた。

源蔵が半左衛門を祝いの席に呼ばぬのは、かつて源蔵の前に勘定方組頭をつとめていた上役の沼田《ぬまた》久兵衛《きゅうべえ》を上客として招いているからである。

源蔵の叔父である宗右衛門が勝手に誘って連れてきたという体なら角が立たぬし、久兵衛の面目も保たれるというものだ。

宗右衛門が波風を立てるようなことをせねばよいのだが、どうしても友人である半左衛門を連れて来たいらしい。また、宗右衛門に誘われても、招待されておらぬのに行くわけには参らぬと半左衛門が断ればすむことだ。

だから連れ立ってやって来るというのは似た者同士、ふたりとも厄介な人物というわけである。

座敷へ案内されたふたりはちゃっかりと上座についた。本来ならば源蔵の上役であった久兵衛の席には半左衛門がすまし顔で座っている。

この老人ふたりの振る舞いは客たちにも周知されていて、久兵衛はわざと遅れ気味にやって来るのが常であった。遅刻したら己の席に勘違いをしている半左衛門がいるが、年寄りの思い違いをわざわざ指摘するのも気の毒だ。

久兵衛は意に介さぬふりで半左衛門の隣に座る。源蔵が「面目ございませぬ」とささやくのが巴の耳に入った。

客人がそろったところで源蔵が口を開いた。

「本日はお忙しいところご足労いただき心より感謝申し上げまする。孫の誠之助も九つになり申した。ささやかな宴ではございますが、誠之助の成長を祝うてやってくださりませ」

源蔵の横に座っている誠之助が、くちびるをちろりと舌でなめた。おそらく緊張してかわいてしまったのだろう。

うまく挨拶できるであろうか。巴は胸がどきどきした。

「誠之助にございます。本日は私のためにお集まりいただきまことにありがとうございます。万里村の跡取りとして一層精進いたす所存にて、今後ともどうぞよろしくお願い申し上げまする」

よかった……。ほっとしている様子の誠之助を見ながら、巴は胸をなでおろした。毎日熱心に口上を教え込んでいた源蔵も、満足そうな笑みを浮かべている。

「では皆様、ささやかではございますが、私が心を込めてあつらえました膳部をどうぞお召し上がりください」

音次郎が述べると、客たちはおもむろに箸を取った。料理は二汁五菜の三膳である。

本膳の鱠《なます》は鯛《たい》の薄切りとニンジンとレンコンを酢で和えたもの。坪《つぼ》は海老《えび》、アワビ、コンニャク、ゴボウ、シイタケ、サトイモの煮しめ。汁は結《むす》び麩《ふ》の味噌汁、飯は豆ご飯、そして香の物。

二の膳の平《ひら》はふた種類のつくねのようなもの。猪口《ちょく》は切り干し大根と青菜と蒲鉾《かまぼこ》の細切りの和え物。汁は沢煮椀《さわにわん》。そして焼き物は鯛の塩焼き。

音次郎が誠之助のために作った祝い膳は、美味であるだけでなく、見た目もさわやかでいかにも端午の節句らしい。手土産には柏餅と五色の糸でくくり上げた粽《ちまき》が用意されていた。もちろん音次郎の手作りである。

巴はまず鱠をひと口食べた。味に深みのある鯛は、どうも昆布でしめてあるらしかった。

そして色と味から判断して、和え酢には梅干しの実をたたいたものが入っているようだ。

「この鱠は上品ですっきりした味わいじゃな」

客のひとりが感嘆する。

「ありがとうございます。昆布でしめた鯛を、たたいた梅干しの実を加えた酢で和えております」

やはり昆布と梅干しであったか。自分の予想が当たり、巴はうれしかった。

味覚は人並み。ひょっとすると人よりいささか優れているやもしれぬのに、どうして料理があんなに下手なのだろう。

またたく間に巴は気持ちが沈んだ。誠之助が大きくなって妻を迎えたら、万里村家の味を仕込むのは巴ではなく音次郎だ。

嫁になんと思われるであろうか……。いや、待て。そもそも万里村家の味というのは、巴の母の千草から巴に受け継がれるべきものである。

もうすでに途絶えてしもうておるではないか。なんじゃ、そうか。

巴はつい笑いそうになるのをこらえた。それに音次郎どのが申していた。「人には向き不向きがある」と……。私は誠之助の嫁女に、薙刀《なぎなた》でも教えてしんぜればよい。考えても埒《らち》が明かぬことでくよくよするのはやめよう。それより今はせっかくの祝い膳を楽しまなければ。

シイタケは花切りと亀甲切り《きっこうぎ》にされ、サトイモは六方にむかれていて、煮しめも音次郎がひとつひとつ丁寧にあつらえたのがよくわかる。

久兵衛が相好をくずす。

「二の膳の平もまことに美味じゃ」

「お口に合うてようございました。鴨《かも》のつくねと、海老とソラマメの真薯《しんじょ》にございます」

「さすがは鴨じゃな。口の中に滋味が広がる。ごま油の香りがまたたまらぬ。真薯の緑色はソラマメか。なるほどなあ……。つくねと真薯はどう違うのかのう」

「つくねは捏《つく》ね。つまり『捏《こ》ねる』からきておりまして、真薯の『薯』は山芋《やまいも》。山芋をつなぎにいたしております」

「ほう、ちゃんと理由があるのか。まあ、わしはうまければそれでよい」

「確かにそうでございます」

久兵衛と音次郎が笑ったので、皆も笑顔になった。

「ふん、なにがつくねじゃ。ちまちまとけちくさい。鴨は焼いて食うのが一番うまい」

顔をしかめながら宗右衛門が言い放つと、半左衛門も同調した。

「そうそう、煎《い》り焼《や》きにしてワサビをつけてのう。あれはたまらぬ」

口の減らぬ年寄りだこと。巴はむっとした。しかも片方は招かれてもいないのにやってきて膳を食べているくせに。

もちろん顔には出さぬ。心の中で悪態をつくのみである。少しでも非難めいたことを申したら最後、宗右衛門も半左衛門も嬉々《きき》として反論し、熱弁をふるうだろうから。

他の皆も承知しているとみえて、誰もしゃべる者はいない。せっせと料理を口に運んでいる。

半左衛門がにやりと笑う。

「音次郎は大殿のお気に入りと聞いておるが、このようにまずいものを客に出すようではたいしたことはないのう」

い。

「まさに推《お》して知るべしということよ」

宗右衛門も半左衛門も、自分たちにたてつく者が誰もいないことを承知しているので、すっかり調子に乗ってしまっている。毎年のこととはいえ、やはり腹は立つ。

これでは年寄りたちの思う壺だ。心を落ちつけよう。修行だと思えばよいかぬ。

心を平らかにして味わわねば、せっかくの料理が台無しだ……。

巴は二の膳の沢煮椀を口にした。沢煮椀はたくさんの種類の具を千切りにしたすまし汁だ。具はニンジン、キヌサヤ、ゴボウ、タケノコ、キクラゲ、ウド、油揚げ、錦糸卵。出汁はひょっとしてアサリだろうか？

「誠之助、そなたは父のように賄い方につとめるつもりでおるのか」

いきなり宗右衛門が誠之助に話しかけたので、巴はぎょっとした。老人たちの機嫌を損ねずにちゃんと答えられるだろうか。

「まだ決めておりませぬ」

「誠之助は祖父の跡を継げば勘定方、母の跡を継げば馬廻役……。目移りして落ち着かぬことじゃ」

「どれもつとまらぬかもしれぬぞ」

「ふぉっ、ふぉっ、ふぉっ」

「まあ、せいぜい学問に励むことじゃ」

「剣術の稽古もせねば」

「おお、そうであった」

好き放題の言われ様に巴は腹が立ったが、助け舟を出してやるわけにはいかない。誠之助を擁護すれば、待ってましたとばかりにもっとひどくののしられるのは明白である。

誠之助は箸を置き、きちんとふたりの目を見てにこにこしていたので、巴はほっとした。誠之助、辛抱するのですよ……。

「ところで今日は端午の節句ゆえ、道場で試合が催されたよのう。もちろん勝ったのであろうな?」

「……いいえ。負けましてございます」

「なんと！　別式女筆頭の倅が、剣術の試合で負けたと申すか！」

「情けない。恥を知れ、恥を」

場が急にしんとなった。顔をしかめている者、老人たちをにらみつける者、ため息をつく者と、客たちの反応は様々である。

『この場から誠之助を連れ出すにはどうすればよいか』というのが、まず巴の頭に浮かんだことだった。宗右衛門と半左衛門への憤りより、これ以上誠之助を傷つけたくないという気持ちが勝ったのだ。

もう誠之助を、老人どもの暴言の餌食《えじき》にするのは嫌だ。手水《ちょうず》に行ってこいというのはおかしいか。では、用事を手伝ってくれと言うか、それとも……。

恥ずかしいのだろう。誠之助はほおを赤くしてうつむいている。不憫《ふびん》でならなかった。

焦っているせいで考えがまとまらぬ。ええい、もう、よい。誠之助を抱え上げて連れ出してしまおう。

誰に何と言われてもかまいはしない。それよりも早く誠之助を助けてやらなければ……。

巴が腰を浮かそうとした瞬間、誠之助が勢いよく立ち上がった。耐え切れなくなって逃げ出すつもりなのだろう。

よかった。早う部屋から出なされ、こんなときは逃げても卑怯ではない。卑怯なのは言い返せぬ子どもに暴言を吐く年寄りたちのほうじゃ。

「この！　くそ爺《じじい》！」

誠之助の大声に、老人たちが目をむく。巴は自分が知らぬ間に口を開けていたことに気づいた。

源蔵や音次郎、客たちも口をぽっかりと開け、大きく目を見開いている。なかなかに間抜けな表情だ。

おそらく巴も同じような顔をしていることだろう。驚くと人は口を開けてしまうものらしかった。

誠之助が顔を真っ赤にし、肩で息をしている。恥ずかしかったのではない。怒りを必死にこらえていたのだ。

生来誠之助はのんびりした性質《たち》だが、もちろんかんしゃくを起こしたり怒ったりすることもある。だが、今日はいつもとずいぶん様子が違う。これほど激高している誠之助を見るのは初めてだった。

「くそ爺ども、よう聞け！　お師匠様がいつも申されている。『剣は心。心を磨け。勝負は二の次じゃ』とな！」

なんと、誠之助が反論している。しかもきちんと筋が通っておるではないか。巴は感心した。

宗右衛門と半左衛門がよろよろと立ち上がった。

「黙れ小童《こわっぱ》！　目上の者に向かってなんという口のききかたじゃ！」

「この礼儀知らずめが！　ふん、母親が刀ばかり振り回して家におらぬゆえ、躾《しつけ》がなっとらん！」

おやおや、こちらにまで飛び火した。まあ、怒るのも無理はないが……。

「黙れ黙れ！　母上の悪口を言うな！　くそ爺に母上のご苦労がわかるか！」

誠之助が私をかばってくれている。巴は鼻の奥がつんとした。涙が出てきそうだ。嬉しかった。

誠之助の舌鋒《ぜっぽう》は止まらぬ。

「礼儀知らずはどちらだ！　招かれてもおらぬのにのこのこやって来て、素知らぬ顔で上座につき、出された料理に文句をつける」

言い返してやろうと意気込んでいた宗右衛門と半左衛門が沈黙した。

おそらく皆が心の中で『誰も口にできぬことを、とうとう言うてしもうた。さすがは子どもだ』などとつぶやいていることだろう。

「それがどうした。わしは来たくもないつまらぬ宴に参ってやっておるのだぞ。友のひとりやふたり同道してなにが悪い」

「つまらぬ宴だと！」

「そうじゃ！　このような無礼者の端午の節句など誰が祝いたいものか！　のう、半左衛門」

「おう！　年寄りを敬わず乱暴な口をきく不届き者など、どうせろくな大人にならぬわ」

「ふはは。これで万里村の家も誠之助の代で終わりだな」

かわいそうに誠之助は目に涙をためている。巴の胸に怒りが湧き起こった。

『ろくな大人になれぬ』だと？　ふん、聞いてあきれる。ふたりがかりでいたいけな子どもをいたぶって。この卑怯者めが……。

誠之助が地団駄をふんだ。

「うるさい、うるさい、うるさいっ！　くそ爺がっ！　黙れ！　ろくでなしはそっちではないか！　もう祝うてもらわぬでもよい！　帰れ！　二度と来るな！　うわあああああ！」

老人ふたりは目を細め、舌なめずりをせんばかりの勢いである。これは面白いことになったとうきうきしているに違いない。

巴は誠之助の側へ行ってひざをつき、腕を引っ張って座らせるとそっと肩を抱いた。誠之助が怒りのあまりぶるぶる震えているのが痛ましい。

「そうやってすぐ甘やかすゆえつけあがるのだ」

「やはり別式女などつとめおる女子はいかぬな」

「今日も神功皇后のなりをして門前におったのであろう。ほんにみっともないのう」

立ち上がろうとする誠之助を巴はとめた。

「あいや、待たれよ」

源蔵が、巴たちと老人どもの間に割って入った。

「源蔵。そなたは孫にどういう躾をしておるのだ。あきれ返って開いた口がふさがらぬわ。この不埒な小童をなんとかいたせ」

意気込む宗右衛門に、源蔵が静かに言った。

「叔父上、『万里村の家も誠之助の代で終わり』とは聞き捨てなりませぬな」

たちまち宗右衛門の顔が朱に染まる。

「なにを！　叔父に刃向かうのか」

「もう叔父だとは思うておりませぬゆえ」

「父上……」

音次郎が源蔵の隣に立つ。

「珍しく父上と意見が合い申した。私も、大叔父上とは本日限りで縁を切りたいと存じまする」

「ほう、そなたにしては賢明なことよ」

「おほめにあずかり恐悦至極」

いつものいがみ合いがうそのように、舅と婿の息はぴったりである。

「ええい！　うるさい！　縁切りだと！　上等じゃ。こちらから切ってやる。金輪際《こんりんざい》もうそなたらとは付き合わぬ」

息まく宗右衛門に、源蔵と音次郎が顔を見合わせにやりと笑う。

「おお、叔父上のほうから申し出ていただけるとは嬉しい限りにて」

「角が立たずにすんで良うございましたな、父上」

半左衛門が助け舟を出すかのようにまくしたてた。

「宗右衛門は一族の長老じゃぞ。源蔵も音次郎も敬い奉らねばならぬであろうが」

源蔵が「ふん」と鼻を鳴らす。

「これは笑止。私は幼きころ、部屋住みだった叔父上に、憂さ晴らしによう殴られましたがのう。それを敬い奉れとな」

言葉に詰まった半左衛門の傍らで、宗右衛門が握った拳《こぶし》をぶるぶるとふるわせる。

「大叔父上、お腹立ちはようわかりますが、ここで手を出せば恥の上塗りにございますぞ」

「黙れ、音次郎！　あんなまずい上にけちくさい料理を客に出しておいて、そなたのほうがよっぽど恥であろうが！」

「けちくさいとは、鴨のつくねのことでございましょうか」

宗右衛門と半左衛門がうなずく。

「つくねにいたしましたのは、おふたりを気遣うてのことにございますが」

「なんだと」

「歯が弱い年寄りには、やわらかいつくねのほうが食べやすいかと。鴨肉をそのまま召し上がって喉に詰まらせて昇天などということになりますれば、さすがに寝覚めが悪うなりますゆえ」

「なんだと！　馬鹿にするな！」

「それに煎り焼きのように芸のない料理をお出しするのは失礼だと思いまして。それにしても……」

音次郎がくちびるの端を皮肉っぽくゆがめた。

「大殿がいたくお気に召していらっしゃる鴨のつくねに難癖をつけるとは、おふたりとも不忠の極みにございますな」

老人たちの喉が「ぐっ」と鳴る。源蔵がわざとらしく大仰にふむふむとうなずいてみせた。

「ほう、大殿の大好物とはのう。どうりで美味なはずじゃ。おふたり以外は絶賛しておられたが、皆様さすがにございますな」

かつて大殿に仕えていた宗右衛門と半左衛門にとって、一番痛いところをつかれたかっこうだ。ふたりとも「ううむ」とか「うぬぬ」とかぶつぶつ言っている。

やがて宗右衛門が、だんっ、と畳《たたみ》をけりつけて怒鳴った。

「もうよい！　わしは帰る！」

半左衛門も負けじと大声を張り上げる。

「わしも帰る！　こんなところ、もう二度と来ぬぞ！」

「さようですか。承知いたしました。まあ、半左衛門どのは、もともとお招きしておりませなんだが」

落ち着き払っている源蔵に、宗右衛門が吐き捨てるように言った。

「源蔵、万里村の家とは絶縁いたすゆえ」

「はい。叔父上のご随意に」

「ほんとうによいのだな。後悔しても知らぬぞ」

「けっして悔やんだりいたしませぬゆえ、ご心配くださらずともけっこうです。さあ、音次郎、巴、お帰りになるおふたりをお見送りいたそう」

音次郎が柏餅と粽が入った紙包みを差し出すと、宗右衛門も半左衛門もひったくるようにして受け取った。

「最後にもう一度だけたずねる。そなたらと縁を切ってもよいのじゃな。あやまれば撤回してやってもかまわぬが」

ふたりとも上目遣いでこちらをじっと見ている。絶縁を取り消したいと思っているのがありありとわかった。

父上はどうなさるのだろう。事を荒立てずに下手に出るのか。それとも……。

「武士に二言はござらぬ。今宵《こよい》を限りに叔父上との付き合いは終わりにさせていただきまする。長い間、ありがとうございました」

源蔵が両手をつかえ、深々と礼をした。巴と音次郎もそれにならう。

宗右衛門が傲然と胸を反らせた。

「ふん、恩知らずどもめが。さらばじゃ」

「さらばじゃ」

よたよたと歩き去る老人たちの背がどこか寂しそうだったので、巴は思わず尋ねた。

「父上、よろしいのですか。大叔父上のお年を考えたら、そう長い間のことでもございませんでしょうに」

「ああ、かまわぬ。祝う気持ちを持たぬ御仁に来てもらう必要はない。それに、叔父上のところは家督を継いだ従弟《いとこ》も叔父上に似て、人を人とも思わぬ輩でな。付き合えば、わしが死んだあと、巴が苦労をするにきまっておる。だからちょうどよい潮時だったのだ」

「そうなのですか……」

「やっと厄介払いができたわ。ああ、せいせいした。まさにひょうたんから駒《こま》。誠之助のおかげじゃのう」

源蔵がくしゃりと笑う。

宗右衛門と半左衛門を見送って座敷へ戻ると、誠之助の周りに客たちが集まっていた。巴はにわかに心配になる。

「誠之助がなにかいたしましたのでしょうか」

「巴どの、案じるでない。皆で誠之助に小遣いをやっていたのだ」

久兵衛が上機嫌で笑う。源蔵が頭を下げた。

「節句のお祝いは、もういただいておりますのに、この上小遣いまで申し訳ございませぬ」

「いやいや、道場の帰りに饅頭か団子でも食えと小銭をわたしただけじゃ。礼を言われるほどのことはない」

久兵衛の言葉に、他の者たちがうなずく。誠之助はすっかり機嫌を直してにこにこしていた。

にこにこと言えば、客たちもさっきまでとは違って穏やかにほほ笑んでいる。雰囲気も明るい。

おそらく、宗右衛門と半左衛門がいなくなったからだろう……。いろいろ無礼は働いたが、誠之助のおかげと言えなくもない。

音次郎が皿を持って部屋に入って来た。

「さあ、菓子を召し上がってください」

「仕切り直しというところじゃの」

久兵衛がいたずら坊主のような顔で舌をぺろりと出す。皆がどっと笑った。

皿にのった菓子は不思議な形をしていた。さしわたし八寸ほどの丸く薄いきつね色の生地を、二寸くらいの高さに何枚も積み重ねてある。

源蔵がつぶやく。

「このような菓子、初めて見るのう。しかもうまそうな匂いじゃ」

「今日お披露目しようと、皆がおらぬところでこっそり作ってみておりましたので。父上もご存じないはず」

音次郎は手際よく菓子を人数分に切り分け、小皿にのせて供した。皆が待ちきれないという様子ですぐに菓子を口にする。

「む、これは」

「なんという」

「うまいのう……」

生地はもちもちしていてほんのり甘い。十枚くらい重なっているだろうか。

生地と生地の間に餡がはさまっている。否、餡だけではない。何か甘酸っぱい味がする。

「うどん粉に卵と砂糖と水を加えて混ぜ、薄く焼き、間に餡をはさんで重ねております」

久兵衛がうっとりした表情でたずねる。

「この甘酸っぱいのはなんじゃ?」

「干しアンズを水でもどし、砂糖を加えて煮詰めました」

菓子を食べ終わった源蔵がため息をつく。

「この世のものとは思われぬほどうまいのう。この菓子といい、大殿お気に入りの鴨のつくねといい、さすがは音次郎じゃ」

父上が音次郎どのを手放しで賞賛しておられる。巴は驚いたが、同時にとてもうれしかった。

「父上、せっかくおほめいただいたところ申し訳ございませぬが、鴨のつくねが大殿の大好物というのは嘘にございます」

「なんじゃと!」

「あのおふたりを黙らせるための方便とでも申しましょうか。まあ、父上まで見事にだまされたのですから大成功ですな」

たちまち源蔵が顔をしかめる。

「ふん、ほめてなどおらぬわ。もちろん嘘だということもわかっておった。調子に乗るでない」

ああ、せっかくの父上の歩み寄りを台無しにしてしまった。どうして音次郎どのはいつもこうなのであろう……。

気を取り直したらしい源蔵が、ぽんと手を打ち鳴らした。

「わしはまだ酒が飲み足りぬのじゃが、皆様、飲みませぬか」

次々と賛同の声が上がる。音次郎がにやりと笑う。

「そうおっしゃると思いまして、煮しめを用意してございます」

音次郎が煮しめを山盛りにした大皿を運んできた。さらに大皿がもう一枚。

「おお、握り飯じゃ。香ばしいにおいがいたす」

「醤油をぬって焼きました」

「くーっ、たまらぬのう」

「よし！　無礼講じゃ！」

車座になって酒を酌《く》み交わす。誠之助は握り飯をほおばっていた。

巴も握り飯をひと口かじる。ああ、おいしい……。

「今日は楽しいのう」

「うるさい御仁がおらぬゆえ」

「まさに誠之助のお手柄じゃ」

はしゃぐ皆の様子をほほ笑ましく思いながら見ていた巴ははっとした。客人たちが誠之助に小遣いをくれたのは、老人どもを退散させたねぎらいの意味があったのだろうか。さらに、自分たちが言いたくても口にできなかったことをふたりに言い放った誠之助に対しての賞賛も含まれているのやもしれぬ。

だが……。巴は照れ笑いをしている誠之助を案じた。

誰からも叱られずにすんでいるのは、怪我の功名とでも言うべきものである。誠之助が癇癪《かんしゃく》をおこし無礼を働いたのはまぎれもない事実だ。

調子に乗ってしまうほど分別がないとは、我が子のことゆえ思いたくはないが、誠之助はまだ九つ。小遣いまでもらえた『良き思い出』として心に残ったのでは、のちのち困る。

源蔵と音次郎は誠之助に甘いきらいがあるので、ここはしっかり叱り諭《さと》しておかなければ……。

5

五月六日、巴は非番であった。納豆汁と卵焼きをおかずに朝餉をすませ、巴は誠之助を探した。今日は道場も明誠館も休みである。

誠之助は縁側で、黒猫の朔夜をひざにのせ、ぼんやりと庭を眺めていた。

「誠之助」と声をかけて、巴は隣に座った。丸くなって眠っている朔夜をなでる。

ごろごろのどを鳴らす朔夜に、巴と誠之助は顔を見合わせほほ笑んだ。

「昨日の宴のことだけれど」

「……はい」

「誠之助は自分がしでかしたことを覚えていますか？」

誠之助はこくりとうなずいた。ほおが少し赤くなっている。

「佐々木様と安藤様に、大変失礼なことを申し上げました。ええと……無礼で乱暴な物言いをしてしまいました」

「そう。悪いと思っていると」

「はい」

「どうしてあんなことをしてしまったのでしょう。最初は好き放題を言われても我慢できていたのに」

誠之助がうつむく。

「よう我慢しました。立派だったと思います」

「え？」と言いながら誠之助が顔を上げた。

「それなのに、我慢できぬようになったのはなぜ？」

誠之助がまた顔を伏せる。

「確か、試合で負けたことをとがめられたのがきっかけだったように見えましたが……。まあ、確かに、宗右衛門どのも半左衛門どのもひどい言い様をされた。正直なところ、私も腹が立ちました。やはり、悔しかったのか？」

うつむいたまま誠之助がかぶりをふったので、巴は少なからず驚いた。

「悔しゅうはなかったと」

誠之助がまたかぶりをふる。

「ほれ、誠之助。顔を上げなされ」

巴は誠之助の両肩に手をかけ、目をのぞき込んだ。

「母はなにも怒っているのではありませぬ。誠之助があのような行いをした理由が知りたいだけです。そなたの胸の内を話してほしい」

誠之助が金魚のように口をパクパクさせたものの、すぐだんまりに戻ってしまった。

「どうしました。話しとうないのですか」

誠之助が今度はうなずいた。

「母に言うてくれぬのは、少し寂しい……」

涙ぐんでしまった誠之助の頭を、巴はそっとなでた。

「言いたくなければよいのです。無理には聞きませぬ」

「……母上に……情けないやつだと……思われとうないのです」

「そのようなことを案じずともよい。人は皆、情けないところのひとつやふたつはあるもの」

「皆？　母上も？」

「もちろん、この母にも情けないところはあります。それもひとつやふたつどころではない。もっとたくさん」

「そう……なのですか」

「情けないことは責められるべきものではありませぬ。それを自覚し直そうと精進するのが大切だと母は思うております」

「まことに？」

「ええ。だから誠之助の情けないところを知っても、けっして馬鹿にしたり、がっかりしたりはいたしませぬ。話してくれると嬉しいのですが……」

誠之助はしばらく逡巡《しゅんじゅん》していたが、やがて口を開いた。

「お年寄りおふたりに試合のことを言われたとき思い出したのです。誰も見に来てくれず寂しかったことを。そうしたらすごく悲しくなってしまって……。胸の中で何かがぐわあっとふくれ上がってぐるぐるして苦しくてわけがわからなくなって。気がついたらひどいことをたくさん怒鳴っていました」

誠之助がすすり泣く。誠之助が暴言を吐いたのは、どうやら試合を見に来てもらえなかった寂しさや悲しさからくる八つ当たりのようなものだったようだ。

突き詰めれば、母親の自分が招いたことではないか。なんということだ……。

「すまぬ。悪いのは私です。約束していたのに試合を見に行ってやれなんだ。それに、赤子をあずけたせいで、父上もそなたの応援に行けなかった。他の子は、皆、家の者が大勢見に来ていたであろうに。ほんにかわいそうなことをしてしまいました」

巴は誠之助を抱きしめた。何も知らぬ朔夜が眠ったまま、〈うにゃん〉と鳴く。

やがて、誠之助は巴からそっと離れた。ばつが悪そうに目の周りを手でこする。

「ほんにすまぬことでした」

誠之助がふわりと笑う。

「よろしいのです。小遣いをたんといただけましたし」

「いかほどもろうたのですか」

「……内緒です」

おそらく源蔵も、あとからたっぷり小遣いを与えたに違いない。まあよい。誠之助の心が晴れたなら。

「父上に盗られぬよう気をつけなされ」

しまった。つい、口を滑らせてしまった。巴はいささかあせったが、誠之助は気にしていない様子だった。

「大丈夫です。ちゃんと財布を分けてありますので」

巴は心の中で「あっ！」と叫んだ。やはり誠之助はふたつの財布を使い分けているのだ。ううむ……。

「誠之助に小遣いをくださるとは、思った通り皆様も胸がすっとされたのですね」

え？　胸がすっとする？　『思った通り』皆様『も』？　まるで誠之助がねらってわざと暴言を吐いたように聞こえるが……。

いやいや、考え過ぎだ。誠之助はまだ九つの童ではないか。

目を覚ました朔夜が、みょーんと伸びをする……。

ある日、巴は目付の柴本伊織に呼び出された。

「他でもない。端午の節句にそなたが捕らえた盗人のことじゃ」

そういえばあれから半月ほどが過ぎている。

「あの盗人はとんでもないやつであった。渡り者として雇われながら、二十近くの藩邸で盗みを働いていたらしい」

「……なんと」

「盗人……仙蔵《せんぞう》と名乗っておった……が白状した中には大藩も交じっておったそうな。盗まれたなどとはどこの藩も公にはせぬし、盗まれた事実に気づいておらぬところもあったようだ。まあ、そこが仙蔵の目の付け所と腕の良さということなのやもしれぬが」

伊織が一旦言葉を切ってあごをなでた。

「あと、仙蔵はもともとは武士だとのことじゃ」

巴は思わず「えっ」と声をあげた。

「親の代からの浪人者で、まあ、いろいろあったのであろうな。それと、盗品を受け取る女子。わしが思うたとおり、あのとき捕らえた女子だけではなかった。あと三人おったそうだ。やはり女子の線から足がつくのを用心しての工夫で、盗人といえども、よう考えておるものよ。それでじゃ……」

巴のひざの前に、伊織が小さな紙包みを置いた。

「町奉行から褒美が出た」

「なぜ、私に」

「盗賊を捕らえたからに決まっておろう」

「でも、お役目ですし……」

「欲がないのう。くれるというのだから、黙ってもろうておけ。そして、こちらは我が殿からじゃ」

伊織が懐からもうひとつ紙包みを出して畳の上に置く。

「他の藩はまんまと盗まれたのに、我が藩は未遂に終わった上に盗人を捕らえたというので、殿はもう鼻高々。別式女をおいておることをとやかく言うておった他藩の輩も、これでぐうの音も出ぬだろうとすっかりご機嫌でな。大手柄の巴に褒美をつかわすとのことじゃ」

「あのう……お納戸役におとがめは」

「なるほど。根付を盗まれた責めをお納戸役が負うのであれば、褒美を辞退する代わりにお納戸役の赦免《しゃめん》を願い出ようと思うたのだな」

巴は無言でうなずいた。

「案ずるな。根付が無事に戻ったゆえ、おとがめは無しじゃ。お納戸役はそなたに足を向けて寝られぬのう」

伊織が愉快そうに笑う。


次の日の朝、巴が台所に行くと、音次郎がすり寄って来た。

「巴。物は相談だが、二両ほど融通してもらいたいのだ」

「もう今月の分はお渡ししております」

「それは承知しておる。でも、ほれ、そなたは褒美をもろうたではないか。そこからちょこっと」

「私は盗人を捕まえましたが、音次郎どのはなにかなさいましたか」

「俺もよう働いたぞ。端午の節句の宴は、皆大喜びであった」

「それについては、父上が褒美をわたしておいたと申されていましたよ」

音次郎が言葉に詰まる。巴は鎌をかけただけだったのだが、図星だったとは……。

巴は音次郎に思い切り肘鉄をくらわせた。

第三話　川開き

1

梅雨に入った。毎日雨続きでじめじめする。

真夏のかんかん照りになると、おしめりがほしいとか、夕立がくれば涼しいのになどとぼやくのは目に見えている。しかし、今はただひたすらお天道様《てんとうさま》が恋しい。人とはつくづく勝手なものである。

日に当たらぬと、どうも気持ちがくさくさする。なんとなく体がだるく、食欲も落ちがちだ。

巴は、このところいささか食が進まない様子の誠之助と源蔵のことが気にかかっていた。

源蔵の場合は、長雨のせいで日課であった散歩と庭の手入れができず、家の中であまり動かぬゆえ腹が減らぬのだろう。誠之助は道場や明誠館に通ってはいるものの、やはり雨のせいで道草ができず、気分が滅入っているのやもしれぬ。

「父上、飯の上にのっているこの黒いものはなんですか？」

今日の朝餉は納豆汁と厚揚げの煮物だった。誠之助の言う通り、炊き立ての飯の上にやわらかそうな真っ黒いものがのっている。

音次郎がにやりと笑う。

「まあ食うてみよ。飯にまぶすようにして」

巴は箸で黒いものを少し取り、飯に塗りつけ口に運んだ。

む、これは……。甘辛い味、そして口いっぱいにうまみが広がる。

「父上！　おいしゅうございます！」

源蔵もふむふむとうなずいている。

「うまいであろう。正体はなにかわかるか？　誠之助」

誠之助が小首をかしげる。

「醤油は入れておるが、この黒はもともとの色じゃ」

「黒い食べ物……ごまではありませぬし餡とも違う」

「普段は乾いておる。それをちぎって干ししいたけの戻し汁に入れ、醬油と酒、みりん、砂糖を加えて煮詰めれば出来上がり」

「……ええっ！　ひょっとして海苔ですか？」

「大当たり。さすがは誠之助。海苔の佃煮というところだな」

音次郎にほめられて誠之助が照れる。その奥ゆかしい様子が好もしく思われて巴はほほ笑んだ。

「賄い方の海苔がこの陽気で湿気《しけ》てしもうてのう。捨てるのはもったいないゆえもろうてきたのだ」

源蔵がすかさず顔をしかめる。

「まさか、くすねてまいったのではあるまいの」

たちまち音次郎が口をとがらせた。

「人聞きの悪いことをおっしゃらないでください」

「子どもの小遣いに手を付けるような輩は信用できぬ」

「あれは小銭がなかったゆえ借りただけです」

「ふん、でたらめを申すでない」

また不毛な言い争いが始まった。天気のせいでいつにも増してうっとうしい。巴は誠之助に声をかけた。

「この海苔の佃煮は飯が進みまするね。誠之助もたんと食べねばなりませぬぞ」

「はい、母上」

「父上もたくさん召し上がって長生きしていただかねば」

「そうよの、巴。わしが死んで音次郎に今以上調子に乗られたのではまことにつまらぬゆえな」

「それだけ悪口が言えれば心配ございますまい。憎まれっ子世にはばかるとはまさにこのこと」

「なんだと！」

「さあ、誠之助。これも食べてみよ」

音次郎が小鉢の中身をさじですくい、誠之助の飯茶碗にかけてやった。大口を開けてほおばった誠之助が嬉しそうな顔になる。

「これはすぐにわかりました。梅干しです」

「梅干しだけではないぞ」

「ええと……鰹節が入っておる気がします」

「ご名答。ようわかったのう。偉いぞ。削った鰹節をすり鉢で粉にし、たたいた梅干しとねり合わせたのだ」

「私にもください」

巴は音次郎から小鉢を受け取ると、源蔵の茶碗にねり梅を入れた。ついでに自分のにもひとさじ落とす。

「梅干しの酸っぱさが鰹節のおかげでまろやかになり、うまみも加わっておいしゅうございます。これも食が進みますね」

「父上、弁当の握り飯にも入れてください」

「おう、俺に抜かりはない。飯に混ぜ込んで握ったゆえうまいぞ。この陽気で飯が傷むのも避けられるしな。巴の弁当もじゃ」

「ありがとうございます。お昼が楽しみですね、誠之助」

「はい。握り飯、今日は三つお願いします」

「よしきた。たんと食え」

次の日、巴は非番であった。誠之助も道場と明誠館が休みなので家にいる。

「母上に剣の稽古をつけていただきたかったのに、雨が降っておるとは……」

縁側で空を見上げ、誠之助がため息をつく。

「私も誠之助の上達ぶりを見るのが楽しみだったのですが、お天気は人の力ではどうにもできぬゆえしようがありませぬ。そうそう。音次郎どのも非番ですから、なにかおいしいものを作ってもらえるやもしれませぬよ」

誠之助がたちまち嬉しそうな顔になった。ほんにこの子は食いしん坊だ。いったい誰に似たのだろう……。

「御免！」

玄関から訪《おとな》う声がした。聞き覚えがない男の声だ。

こんな雨の日に誰だろうと思いながら廊下を急ぐ。

「いらっしゃいませ……大殿！」

あわてて巴は両手をつかえ、頭を下げた。なんと前藩主の斉重が供をひとり連れて立っていたのだ。

なぜ大殿が我が家に。信じられない。

いったい何の用件だろう。まさか、音次郎が失態を犯したのか……。

雑多な思念《しねん》が巴の頭の中を駆け巡る。

「よい、よい。堅苦しい挨拶は抜きじゃ。さっそく上がらせてもらうぞ」

そして斉重は笑顔のまま振り返り、こともなげに言った。

「そなたはもう帰ってよい」

供侍《ともざむらい》がぎょっとした顔つきになる。

「それはどうかご勘弁を。大殿をお守りいたすのが拙者のお役目にて」

斉重が静かにかぶりをふった。

「そなたはここを誰の家だと思うてか。別式女筆頭万里村巴じゃぞ。これほど頼もしい護衛は他におらぬ」

「はあ、それはそうですが」

「つべこべ申さず早う帰れ」

「……それでは仰せに従いまする」

斉重にこれ以上何を言っても無駄だと悟ったのだろう。供侍がすがるような目をして巴を見た。

「巴どの、大殿が事、くれぐれもよしなに」

「承知仕りました」

供侍は納得がゆかぬ様子で渋々帰って行った。その気持ちが、巴には痛いほどわかる。

巴の胸の内を知ってか知らずか、斉重がにやりと笑った。

「供がおったのでは、羽が伸ばせぬでな」

無造作に家に上がった斉重が大声で叫んだ。

「おーい、音次郎！」

ほどなくどたどたと足音がした。音次郎がまろびそうな勢いで走って来るのが見える。

音次郎の目はまん丸に見開かれていた。へなへなとくずおれるようにして、斉重の足元にひざまずく。

「お、大殿！　いったいどうなされたのです。このようなむさくるしいところへお出ましになられるなど」

「騒がしいのう。音次郎、廊下を走るでない。家中がゆれておるではないか」

ひょこりと顔を出した源蔵が大慌てでひざをつく。

「こ、これは大殿！　ごきげんうるわしゅう……」

「おじじ様、どなたが参られたのですか？」

無邪気にたずねる誠之助の着物のそでを、源蔵がものすごい勢いで引っ張って座らせた。

「大殿様じゃ」

「大殿様？　……ええっ！　どうして？」

「わしにもわからぬ。そんなことより早うご挨拶いたせ！」

せかされて焦ったのだろう。勢いよく礼をした誠之助が額を床にぶつけてしまい、ごつっという鈍い音が巴の耳に届いた。

「は、初めまして。万里村音次郎が一子、誠之助にございまする」

「誠之助、額をぶつけて目から火が出たのではないか？」

「……はい」

「顔をあげてみよ」

斉重が眉をひそめる。

「ああ、やはり赤うなっておる。かわいそうに」

「大事ありませぬ」

源蔵がおそるおそるという体でたずねる。

「大殿、本日はどのようなご用件で、我があばら家へおいでくだされたのでございましょうか」

「源蔵。そなたは今あばら家と申したが、ここは、我が藩からあてがわれておる役宅ではないのか」

源蔵が泡を食って頭を下げる。

「あっ、そうでございました。ご無礼の段、どうかお許しくださいませ」

「今日はな、音次郎に、なにかうまいものを食べさせてもらおうと思うて参ったのじゃ」

「う、うまいものでございますか。ええと、そのう……たとえばどういった料理にございましょう」

音次郎の声が裏返っている。斉重がふわりと笑った。

「それを考えるのがそなたの仕事であろう」

「うっ」

「期待しておるぞ」

2

ものすごい勢いで音次郎が台所へ走り去り、源蔵があたふたと斉重を客間に案内する。

巴は床の間の前に座布団を置いた。客用の座布団といっても、巴が物心ついたころからずっと家にある。もちろんさして高級なものではない。

前藩主が使うには粗末なことこの上ないがしかたあるまい。せめて二枚重ねるべきかとも思ったものの、かえってみすぼらしさが増す気がしてやめておいた。

大殿が来るのだったら、もっと入念に掃除をしておけばよかった。後悔したがもう遅い。

こういうところで普段の心がけというものが試されるのだろう。これからは気をつけなければ。

しかし、いくら行いを改めても、この場は取り返しがつかない。今日は非番であったのだから、早起きをして家中を磨きたてるべきだった。

「ささ、どうぞ」

源蔵に言われて、斉重が「うむ」と返事をして座る。恰幅《かっぷく》が良く上背もある斉重は、前藩主にふさわしい威厳と気品に満ち溢れていた。

巴はいつも気圧《けお》されてしまう。いくたび会って話しても、いっこうに慣れるということはなかった。

今も胸がどきどきしている。初めて会った誠之助など、おそらく緊張の極みにあるのではないか。

先ほどの誠之助の狼狽ぶりが頭によみがえった。まだ九つの子どもであるし、初々しいと大目に見てもらえるやもしれぬが、縮み上がってしまったままでは少々情けない。

なんとかひとこと、ふたこと、まともにしゃべることができればよいのだが。あまり期待してはかわいそうだろうか……。

「なにやらうまそうじゃのう」

斉重が小皿を手に取りしげしげと眺めた。皿の上にはきな粉と黒蜜がかかったひと口大の餅のようなものが五つのっている。

斉重は箸で餅を口に運んだ。

「これはうまい！　そなたらも早う食うてみよ」

『食うてみよ』と気軽に言われても……。前藩主と一緒にお相伴《しょうばん》にあずかるなど、もちろん言語道断だ。

ここは遠慮するのが筋である。非礼にならぬ穏便な言い回しを考えながら、巴は己の前にある餅ののった小皿を見つめた。

「では、いただきまする」

『しまった！』と思ったがもう遅い。誠之助が屈託なく餅をほおばった。

食いしん坊の誠之助のことだ。おいしそうな餅を見た途端、緊張が吹き飛んでしまったものとみえる。

いや、それだけではないのやもしれぬ。もしかすると……。

誠之助が今まで出会ったことがある中で一番目上の人物は、おそらく剣術の師匠である。巴が通っていたころもそうであったが、道場では稽古のあと、師匠も一緒に車座になって瓜や饅頭をご馳走になったりするのもめずらしくはない。

大殿のほうが師匠より偉いということは理解しているだろうが、その差がどれほどかということを知らぬのだろう。一緒にものを食すなど、とんでもないことだとは夢にも思うておるまい。

巴は己の額に脂汗《あぶらあせ》がにじみでていることに気がついた。

「ぷるぷるもちもちして、おいしゅうございますね」

自ら大殿に話しかけるなど、決してあってはならぬのだが、誠之助の声は梅雨明けの空のようにどこまでも明るい。

ちらりと見やると、源蔵が青い顔をしてうつむいていた。私の躾が行き届かぬばかりに、父上、まことに申し訳ございませぬ……。

「そうであろう、そうであろう。誠之助は素直で良いのう。ほれ、源蔵も巴も食すがよい」

「い、いえ、私どもは、あとでいただきまする」

源蔵の言葉に、斉重が眉根を寄せる。

「遠慮せずともよい。わしが一緒に食いとうて音次郎に持ってこさせたのじゃから。ほれ、俗に申すであろう。ええと……そう、無礼講というやつよ」

「そのようにおっしゃっていただけますこと、ほんにありがたき幸せ。なれどあまりにも恐れ多く……」

「おじじ様、そして母上も、一緒にいただきましょう。大殿様が良いと申されておいでなのですから」

誠之助がこれ以上いらぬ口をはさまぬよう、巴は目配せをした。誠之助が小首をかしげる。

「母上、目にごみでも？　大事ございませぬか」

「どうした、巴。目を洗って参るがよい」

巴は心の中で思い切り舌打ちをした。

「ありがとうございます。まばたきをしましたら治りましてございます」

隣で源蔵が小さなため息をつく。誠之助を、どうしてもっと思慮深い子に育てなかったのかと、巴は悔いた。

「源蔵、わしは無礼講というものをやってみたいのじゃ。それともなにか？　わしの命《めい》がきけぬと申すか」

「め、滅相もございませぬ」

「さようか。それでは無礼講を始めようぞ」

斉重が餅をもうひとつほおばった。巴は意を決して皿を取り、おずおずと餅を口に運んだ。

誠之助が言ったように、ぷるぷるもちもちとした不思議な歯ざわりだ。餅自体もほんのり甘く、きな粉と黒蜜がよく合う。

初めて食べたが、これはおいしい……。大殿の御前だというのに、気がつくとふたつ目の餅をほおばってしまっていた。

「どうじゃ、うまいであろう」

得意そうな斉重に、源蔵が応える。

「まことにおいしゅうございます」

「さすがは音次郎よのう。我ながら慧眼《けいがん》であった」

巴の婿として、まさかの音次郎に白羽の矢を立てた張本人は、なにを隠そうこの斉重である。

「はい。大殿には日々感謝申し上げております」

しらりとした顔で心にもないことを源蔵が口にした。腹の中は煮えくり返っているだろうに、おくびにも出さぬとはさすがである。

「これは、普通の餅ではありませぬよね」

「おお、そうじゃの」

また誠之助が斉重に話しかけている。

「白玉とも違うと思うのです。白玉はもきゅっとしておりますので」

「ほうほう、『もきゅっ』か。誠之助は面白い。しかし、この餅、いったいなにでできておるのか」

「おじじ様、母上。おわかりになりますか」

「わからぬ」

「私もです」

「では、誠之助が父上に聞いてまいります。少々お待ちくださいませ」

あっという間に誠之助は台所へ駆け去ってしまった。誠之助がこれほど調子に乗る子どもだとは知らなかった。

「いやはや、誠之助が事、躾ができておりませず、ご無礼の段、まことに申し訳ござりませぬ」

源蔵が畳に額をすりつける。巴もそれにならった。

「いやいや、気にするでない。まことに愉快。忍びで遊びに参った甲斐があったというもの。誠之助め、将来が楽しみじゃわい」

「身に余るお言葉痛み入りまする」

源蔵の声がはずんでいる。誠之助を溺愛《できあい》している源蔵のことだ。前藩主に誠之助をほめられ、喜びのあまり、誠之助をたしなめる気持ちなどどこかへ消し飛んでしまったに相違ない。

巴は心の中で深いため息をついた……。

「わかりました！」

誠之助が元気いっぱいに戻ってきた。この様子だと、大殿の御前では神妙にするようにと音次郎に注意されたりなどということはまったくなかったようだ。

わかってはいたが妙に腹立たしかった。

「片栗粉と砂糖が入っておるのです。そしてあとひとつ」

誠之助がにっこり笑う。

「さて、なんでしょう？」

ああ……。よりによって大殿になぞかけなどして。

巴は誠之助の襟首をつかんで部屋から引きずり出したい衝動にかられた。

「え？　待て待て。白いものよな。ううむ……」

「はてさて。……巴も考えてみよ」

「……はい」

己の動揺を源蔵に見透かされたのやもしれぬ。巴は心を落ち着けるために、丹田《たんでん》に力を入れ、深く息を吸った。

「誠之助、何か手掛かりを申せ」

「四角い形をしております」

「……豆腐か！」

「ご名答！」

ああ、またなんという物の言い方を……。

「これが豆腐とは思いもよらなんだ」

斉重が餅をしげしげと見つめる。

「まず、豆腐に砂糖と片栗粉を加え、すり鉢でよう混ぜまする。次に、鍋へ移して火にかけ、餅になったら水に取ってちぎります。きな粉と黒蜜をかければできあがりだそうです」

「ほう、なるほど。また、屋敷で音次郎に作ってもらわねばな。皆にも食べさせてやりたい」

「父上は台所で忙しそうにしておいででした」

「楽しみじゃのう。なにせ、音次郎の料理の腕は一流ゆえな」

「そうなのですね！　私は父上の作るものを毎日食べることができて幸せです」

「誠之助も賄い方になるか」

「私は、食べるのは好きですが、料理を作るのはあまり得意ではない気がいたします。なので難しいかと自分では思うております」

巴は少なからず驚いた。音次郎が以前同じようなことを言っていたが、誠之助が自覚しているとは思わなかったのだ。

「なにか作ってみたことは？」

「はい。卵焼きや餡巻を父上に習いました」

「失敗したか」

「いいえ、まずまずの出来だったようです。父上が『巴よりずっと上手』と申しておられました」

「巴と比べられてものう……」

巴の料理下手を承知している斉重が愉快そうに笑った。

「それなのに、なぜ得手《えて》ではないと思うのじゃ」

「川に流して遊ぼうと、友だちと笹舟を作ったことがあるのですが、私はあまりうまく作れませんでした。友だちの笹舟はすいすい進んでいくのに、私のは遅い上にすぐ沈んでしまったのです」

「なるほど。友と笹舟を……。わしはそういう遊びをしたことがないゆえ、ちとうらやましい」

「えっ、それはお気の毒です。友だちを誘いますから、今度私たちと一緒に川遊びをいたしましょう」

「これ、誠之助。大殿は、童たちと川遊びなどなさらぬぞ。恐れ多いことを言うでない」

さすがに源蔵がたしなめる。

「申し訳ございませぬ」

頭を下げる誠之助を、斉重が笑いながら制した。

「よい、よい。誠之助は優しいのう。……川遊びといえば、もうすぐ大川《おお》の川開き。巴も船に乗るのであろう？」

「はい、そう申し付けられております」

毎年五月二十八日の川開きには花火が打ち上げられるので、武家も商家も屋形船で見物に繰り出すのが常であった。庶民は屋台を冷やかしながら、橋の上や川べりで涼みがてら花火を眺める。

「そうじゃ。すっかり忘れておった」

斉重が懐から紙包みを取り出し、畳に置いた。

「端午の節句の折の、巴のはたらきに褒美をつかわす」

「滅相もございませぬ。私はお役目を果たしただけにございますので」

「他の藩では捕らえられなんだ盗人を捕まえたのだぞ。見事ではないか。一方で、盗まれたことにまったく気づかぬ藩も多かったと聞く。巴のはたらきが誉《ほまれ》でなくてなんとする。遠慮などいたすな」

これほど手放しでほめられたのでは、辞退するのはかえって失礼かもしれない。それにもちろん、大殿の気持ちは嬉しく、そしてありがたかった。

「はい。お心遣い、ありがたくちょうだいさせていただきまする」

「うむ、それでよい」

巴は紙包みを押しいただいてから懐にしまった。

「誠之助にも小遣いをやろう」

「大殿、それはあまりにも恐れ多いことにございます」

「よいではないか、源蔵。誠之助はなかなかに面白い」

おそらく一両が入っているとおぼしき紙包みをもらった誠之助は、顔を真っ赤にし、「ありがとうございます」と叫ぶように言った。初めて手にした小判に浮足立って、これ以上粗相をいたさねばよいが……。

「音次郎に取り上げられぬように留意いたせ」

巴は、斉重の言葉が一瞬理解できなかった。源蔵と誠之助がきょとんとした顔をしている。

きっと自分も似た顔をしているのだろう。斉重がにやりと笑う。

「こう見えて、わしはけっこういろいろと存じておるのだぞ。音次郎が、びた一文家に金を入れぬことも、お役目のためと称して足繁く高級料亭に通い詰めていることも……」

ああ、だから大殿は、音次郎を介さず直接褒美をくだされたのだ。巴は得心がいった。

それと同時に、音次郎の行状を改めて恥ずかしく思った。

「まことに不出来な婿……いや……」

いつものように音次郎をこきおろそうとしたらしい源蔵が、大あわてで口をつぐんだ。不出来な婿を万里村家に押し付けた張本人が誰であったかを、しかと思い出したのであろう。

「素行に難はあるが、音次郎の料理の腕は超一流。音次郎をしのぐ者は家中に誰もおらぬ。それが部屋住みの身で終わるのはあまりにも不憫じゃと、わしは考えたのだ。そなたらには苦労をかけることとなってしもうたがのう」

「毎日うまいものを食すことができ、私どもは幸せにございます。それに巴は料理がからきしでございますし」

「それを聞いて安堵いたした。実は、賄い方でも音次郎は微妙な立場でな。ほれ、出る杭《くい》は打たれるというやつよ。料理の腕を妬まれてなかなか出世ができぬ。音次郎が勤勉であったり、あるいはお追従《ついしょう》のひとつでも言えたりすればまた違うのであろうが……。まあ、おかげでわしは、音次郎を好きに召し出せてうまいものが食えるので良いのじゃが」

音次郎がなかなか出世できぬのは、てっきり本人の怠け癖《なまぐせ》のせいだとばかり思っていた。しかし、それだけではないらしい。巴は少なからず驚いた。

確かに音次郎が作るものはどれもおいしいし、他では食べられぬ変わった料理を作る才があるとは認識している。だが、まさか皆に嫉妬されるほどの腕前だとは思ってもみなかったのだ。

「音次郎自身もかなり鬱々《うつうつ》とすることがあるようじゃ。高級料亭に足を運んでおるのも、食い意地が張っておるだけではのうて、憂さ晴らしという意味合いもあるとわしはにらんでおる。家に金を入れぬのはけしからぬが、大目に見てやってくれ」

「大殿にそこまで思うていただいて、音次郎はまことに果報者でございます。厚く御礼申し上げまする」

源蔵が深々と頭を下げたので、巴もそれにならった。

賄い方での音次郎の立場はわかったが、それと音次郎の金遣いの荒さはまた別義ではないだろうか……。斉重が音次郎をかばい立てするのは、斉重自身が金に困らぬ身分であることと無関係ではあるまい。

「誠之助、小遣いを取り上げられても、あまり音次郎を恨まぬようにしてやってくれぬか」

「はい、承知いたしました。それにふたつの財布を使い分けておりますゆえ、ご安心くださいませ」

「……それはどういうことじゃ？」

「私は、藍色の蜻蛉《とんぼ》柄と黄色の縞柄のふたつの財布を持っております。藍色の財布にはそこそこの金を入れて文箱にしまいます。そして、残りの金は黄色の財布に入れ、父上の目につかぬところに隠しておくのです」

斉重が「わははは！」と大笑する。誠之助は得意そうだが、源蔵は渋い顔だ。巴は、顔から火が出るほど恥ずかしかった。

斉重が目尻の涙を指でぬぐう。

「誠之助は、なかなかの知恵者ゆえ、ほんに将来が楽しみじゃ。良い孫を持ったのう、源蔵」

「まことに恐れ入りましてございます」

源蔵の口調がどこか少々やけっぱち気味に聞こえるのは、巴の気のせいであろうか……。

「料理、ずいぶん遅うございますね。ちょっと台所へ行って見てまいります」

再び、止める間もなく誠之助が廊下を駆けていく。源蔵が苦笑しながら頭を下げた。

「ほんに落ち着きのないことで、申し訳もござりませぬ」

「よい、よい。わしを待たせてはいかぬと思うてくれたのであろうよ」

だが、巴は知っていた。誠之助は自分が腹が減ったので、催促がてら見に行ったのであろうことを。

しばらくして誠之助が戻ってきた。手に箱を持っている。

巴は嫌な予感がした。

「まだ四半刻《しはんとき》(三十分)ほどかかるそうです。大殿様、料理ができるまで、暇つぶしに遊びませぬか」

「なっ、何を申すか! 誠之助! 失礼だぞ!」

源蔵があわてふためく。誠之助を押し入れに閉じ込めておけばよかったと、巴は深く後悔した。

「これは愉快!」

斉重が手を打って喜ぶ。

「たまには童心に返って遊ぶのも一興。して、なにをいたすのじゃ」

にっこり笑った誠之助が畳に箱を置き、ふたを開ける。中にはぎっしり面打《めんちょう》(泥面子《どろめんこ》)が入っていた。

よりによってどうしてこれを……。今日の誠之助は、巴の危惧《きぐ》を次々に現実にしてくれている。

面打とは、粘土を焼いて作った、素焼きの小さな円盤である。穴一《あないち》という遊びに使われるおもちゃだ。

穴一は、平安時代の貴族の遊びであった意銭《ぜにうち》がもとになったとも言われている。要するに賭け事の一種なのである。

差し渡し三寸足らずの穴を掘り、三尺ほど離れた場所から銭を投げる。穴の中に銭を入れた者が勝ち、入らなかった者たちの銭をもらうことができる。

大人どもをまねて子どもらも熱中したが、さすがに子どもが銭で遊ぶのはよろしくない。そこで代わりに使われたのが面打であった。

おもちゃとはいえ、元来は賭け事である。先代藩主である斉重とする遊びとしてははなはだふさわしくない。

すごろくとかかるたとか、世にはいろいろなおもちゃがあるのに、面打を選んだ誠之助の考えの足りなさに、巴はめまいがしそうだった。九つの童に期待するのが間違っているのだろうか。

「これはなにかのう?」

斉重が面打をつまみ、珍しそうにしげしげと眺める。面打のように下賤な物を、貴人が知らぬのは当然至極であった。

誠之助が嬉々として応える。

「面打と申しまする」

「ほう……。この模様は虎か。兎も猿もあるゆえ十二支かのう。こちらは矢羽根……家紋じゃ。それから、相撲《すもう》の力士に、歌舞伎役者、火消しの纏《まとい》……なかなかに面白いぞ」

斉重が畳の上に面打を並べる。

「おもちゃといえども細工が細かい。あなどれぬな。して、これはどのようにして遊ぶのじゃ」

「それでは大殿様、廊下へどうぞ」

誠之助の言葉が終わるか終わらぬかのうちに、源蔵が素早く立って行って障子を開けたので、巴は拍子抜けをした。賭け事めいた遊びなどやめろと、源蔵が誠之助を止めてくれるとばかり思っていたからだ。

それどころか、源蔵がどこかはしゃいでいるように感じられてならないのは、巴の思い過ごしではないようだ。

誠之助が懐からひもを二本出し、三尺ほど離して廊下に置いた。遠いほうのひもの向こうに面打を十個、ばらばらに置く。

「面打にはいくつかの遊び方があるのですが、私は、今日はこれがよろしいかと思います」

誠之助が近いほうのひもの手前から面打を投げる。弧を描いて飛んだ面打は、置かれていた面打にうまくぶつかった。

カチンと音がする。

「このようにして当たると、当たった面打が自分の物になります。はずれたときは投げた面打は返ってきませぬ」

誠之助は面打を斉重と源蔵に五つずつ渡した。

「誰かの手持ちの面打がなくなってしまったら、それで勝負は終わりになります。一番たくさん面打を持っている者が勝ちです」

「なかなか面白そうじゃのう。では、わしから参る」

斉重が勢い込んで放った面打は、あらぬ方向へ飛んで行ってしまった。

「これはいかぬ！　意外に難しいぞ」

「では、次は私が。それっ！」

源蔵の面打は方向は良かったものの、いささか距離が足りず、惜しくもはずれてしまった。

「ううむ、残念」

「誠之助の番ですね」

今度も上手に当てた誠之助が満面の笑みを浮かべる。

「よし。今度は慎重にいくぞ」

斉重の面打は、ひもの手前に落ちた。

「ああ、距離が足らなんだ」

「でも、方向はちゃんと合っていましたので」

誠之助が一人前に斉重を慰めている。

「いけっ！……おお！」

「源蔵め、当たりおった。この裏切り者めが」

続く誠之助も難なく当てた。三巡目とその次は誠之助だけが当たり、斉重と源蔵は仲良く外れた。

「やや、いつの間にか手持ちの面打がひとつになっておる！」

「大殿、最後にございまするな」

「いや、これを必ず当てる。まだ終わりにはせぬ」

斉重の面打は、もうあとほんの一寸《ちょっと》のところではずれてしまった。

「あああああっ！」

斉重が顔をおおう。

「これで終わりです」

「わしと源蔵の負けか」

「私はひとつ当てましたゆえ」

「たったひとつで得意がるでない」

源蔵の無作法な言動に巴はずっとはらはらしていた。いつもの源蔵らしゅうもなく熱くなっているようだ。

つくづく勝負事は怖ろしい……。

「存外に悔しいものじゃのう。もう一度やらぬか」

「はい！　もちろん！」

「受けて立ちまする」

誠之助が座敷に戻ってきた。

「母上も一緒にやりませぬか」

巴はほほ笑みながらかぶりを振った。

「私は、ここで見ているほうが楽しいのです」

巴が投げれば全部当たるに決まっている。勝負にならない。

だが、そうかといって、わざとはずすのも気が進まなかったのだ。

「残念ですがわかりました。では、誠之助はがんばってまた勝ちますから、しっかり見ていてくださいね」

ああ、がんばらずともよいものを……。巴は小さなため息をついた。

「大殿、お待たせいたしました」

音次郎がきつね色の丸いものがのった皿を運んできた。香ばしい匂いがあたりにただよう。

誠之助が鼻をひくひくさせた。

「ごま油の良い香りがいたします」

皿をじっと見つめていた斉重が目を丸くした。

「これはもしや素麺《そうめん》か」

「はい。素麺をゆでて丸く形を整え、ごま油を引いた鍋でじっくり焼きましてございます」

「皿のふちに辛子がつけてあるな」

「お好みでお使いいただけましたら。急いで召し上がっていただかねばなりませぬので、あらかじめ皿につけております」

「急いで食わねばならぬとは、はてさて……」

「大殿のお望み通り、ここでしか食せぬものをお出しいたします」

「楽しみじゃのう」

音次郎は台所へ行き、すぐに部屋へ戻ってきた。手には鍋を持っている。

鍋からは、くつくつという小さな音がしていた。

「大殿、今から鍋の中身を素麺にかけますゆえ、さめぬうちに急いでお召し上がりください」

「あいわかった。皆も、せっかくの料理がさめてはいかぬゆえ、遠慮せず、わしと一緒に食べるがよいぞ」

源蔵が口を開くより早く、音次郎がさらりと言った。

「ありがとうございます。そうさせていただきます」

ここで源蔵が異を唱えれば鍋の中身がさめてしまう。音次郎はそう考えたに相違なかった。

音次郎の意図を源蔵もわかったとみえ、口をつぐんで背筋を伸ばす。音次郎が鍋の中身を玉杓子《たまじやくし》ですくって斉重の皿にかけた。

とろりとしているところからすると、具をたくさん入れ、餡かけに仕立てているようだ。

「ささ、大殿。どうぞお召し上がりください。大変熱うございますので、やけどをなさらぬようくれぐれもご留意あそばされませ」

「わしは猫舌ではないゆえ、心配無用じゃ。ではいただくとしようか。おお、皿が熱いぞ。このように熱いのは初めてじゃ」

そういえば、斉重の普段の食事の折は、お毒見役がいて料理を検分するのが常だ。斉重の元へ運ばれてくるころにはすっかり冷めてしまっているのだろう。あたたかい料理が食べられぬのはなんとも気の毒である。

斉重は箸で焼き素麺をちぎると、餡をからめ、ふうふうと吹き冷まして慎重に口へ運んだ。ぱりぱりと小気味のよい音がする。

「とても素麺とは思えぬ歯ごたえ。うまいのう……」

餡の具はニンジン、キヌサヤ、タケノコ、青菜、シイタケ、キクラゲ、かまぼこ、アサリ、イカ、エビ。酒、しょうゆ、砂糖、そして酢で調味しているのだろう。甘酸っぱい味がする。

焼き素麺はぱりぱりしていて、巴には初めての食感だが、とてもおいしく感じられた。どんどん箸が進む。

皆も同じとみえて、しゃべりもせず一心に食べている。

おや？　しばらくすると、素麺をかんでも音がしなくなった。どうやら餡の水気を吸ってふやけたらしい。でも、これはこれでまた美味である。

「ふやけた素麺もおいしゅうございますね」

誠之助のひとりごとのようなつぶやきに音次郎が目を細める。

「やや、素麺め。焼けておらぬ中のほうはもちもちしておる。こちらもまた美味じゃわい」

斉重の言う通り、熱せられて水気が少し飛んだ素麺はもちもちしていてまた違う味わいだが、これが餡のうまみと合わさって双倍のおいしさとなる。

「ああ、うまかった……」

皿を空にした斉重がため息をつく。

「音次郎が急いで食えと申したのがようわかった。どんどん変わっていく焼き素麺の歯ざわりをしかと味わうためには、ぼやぼやしておってはいかぬ。屋敷では毒見をしている間にさめてふやふやになってしまうであろう。まさにここでしか味わえぬ料理。しかと堪能いたしたぞ。さすがは音次郎じゃ」

「過分なお言葉をちょうだいいたし、ありがたき幸せに存じまする」

頭を下げる音次郎は、いつになく頼もしく見えた。

3

本日五月二十八日は大川の川開き。巴たち別式女の面々は、馬廻役と共に、雨城藩所有の屋形船に乗り込んでいた。

この日から三月《みつき》の間、大川では夜店や屋台の商いが許される。初日とあって、川には船が、そして橋の上や川べりには人が、ひしめき合っていた。

両国橋《りょうごくばし》の上流で玉屋《たまや》、下流で鍵屋《かぎや》がそれぞれ花火を打ち上げる。皆がその瞬間を、今か今かと待ちわびていたのだ。

雨城藩の船には藩主斉俊、正室、側室、若君、姫君、そして側近と重役らが乗っている。万一川に落ちるようなことがあってはいけないので、幼い若君と姫君方はお留守番である。

屋形の中では豪勢な弁当と酒がふるまわれていたが、もちろん護衛の者たちがお相伴にあずかることはない。

舟遊びで最も恐ろしいのは、船同士の衝突とそれに伴う転覆《てんぷく》や転落である。しかし、酔っぱらったり、何かのはずみで川に落ちてしまうことも考えられた。

もしそうなったら、もちろん巴たちが助けなければならない。ただでさえ、おぼれている者の救助は大変であるのに、あたりが暗いため、なおいっそうの困難が予想される。

舟遊びなどしないでおいてくれるほうがありがたいのだが、あまり外へ出ることのない方々にとってはこの上ない楽しみであるらしい。また、船を仕立てて舟遊びに繰り出すのは、大名としての体面を保つためという意味もあるとのことだ。

上に立つ人々の決めたことには、文句を言わずに従うのが家臣のならいというものである。たとえ命を落とす羽目になってしまっても……。

だが、やはり誠之助は、あまり危なくないお役目についてほしい。船の灯りを見ながら、巴は切に願った。

馬廻役と船の上で顔を突き合わせているので、いつにも増して今日のお役目は気が重い。川面《かわも》をわたる心地よい風がせめてものなぐさめである。

「ほう、別式女か。女子に手伝うてもらわねば護衛もままならぬとは、情けないことこの上なし」

突然、男の吐き捨てるような声が、三間ほど離れた隣の屋形船から聞こえた。うなじがちりりとする。

雨城藩の馬廻役の男たちが、顔色を変え、息をのむ気配が感じられた。中にはこぶしを握りしめている者もいる。

馬廻役たちがもっとも聞きたくない言葉を投げつけられたのだから無理もなかった。しかし、挑発に乗れば、それこそ相手の思う壺。

ここは聞こえぬふりをしてやり過ごすのが得策である。

「だから俺は別式女と一緒に護衛をするのは嫌なのだ。我ら馬廻役のみで十分。お飾りの別式女などいらぬわ」

馬廻役筆頭の正木数馬が、顔をしかめながら言い放った。たちまち別式女たちが心穏やかでない表情になる。

巴は小さくため息をついた。数馬の申し様が、あまりにも軽率でその上幼稚だったからだ。

素知らぬ顔をせねばならぬところを、己の心情を吐露するとはいかがなものか。数馬が別式女をどう思っていようと勝手だ。

しかし、それを口に出してしまうことは、馬廻役筆頭としてあるまじき行為。数馬の言葉が、配下の者たちの心をさらに乱すことになりかねぬ。

現に悔しそうな表情をしている者が増えている。他藩の者にあざけりを受け、頭に血がのぼっておるというのに、さらに追い打ちをかけてどうする。

数馬の心無い発言は、別式女たちの誇りにも傷をつけた。別式女たちが怒りのこもった目で巴を見つめる。

巴はわざと不敵に笑い、ゆっくりとかぶりをふった。馬鹿の申すことに取り合うなと態度で示したつもりである。

うまく伝わったとみえて、別式女たちの体から力が抜けたのが感じられた。巴は愁《しゅう》眉《び》を開く。

数馬よ、頼むからもう何も申してくれるな。巴はひそかに念じた。

「言い返すこともできぬのか。ふん、腰抜けどもめが」

また悪意のこもった声が聞こえてきた。あたりが暗く顔が見えないのを良いことにして言いたい放題とは、卑怯な輩だ。

こちらを挑発していったい何をしたいのか。ひょっとすると、単に憂さ晴らしや八つ当たりの類《たぐい》なのやもしれぬ。

もしもめ事が起これば、喧嘩両成敗で向こうもただではすまない。だから、ののしってなどおらぬと言い逃れをするつもりなのだと思われた。

声は大勢の者が聞いているが、姿は見ておらぬ。川の上でしかも風が吹いているため方角の見極めが難しい。隣の船から声がしたと主張しても、悪口を言ったという確かな証にはならぬと思われる。

小競り合いでも公儀の耳に入れば目こぼしなど有り得ない。関わった者の処罰で済めばよいが、お家のお取りつぶしになってしまったらそれこそ取り返しがつかぬ。己の発言が一大事へと発展するかもしれないことに思い至らぬ数馬に、巴は猛烈に腹が立った。

そのとき、馬廻役の中で一番若い浜田《はまだ》文太郎《ぶんたろう》が、声がしたほうへと走った。これはいかぬ！　巴も急いであとを追う。

文太郎は船べりまで来ると、怒りの形相《ぎょうそう》で大きく息を吸った。隣の船から暴言を吐いた輩に向かって、言い返すつもりに違いない。

巴はすかさず文太郎の横首に手刀を入れた。文太郎が一瞬棒立ちになり、そのままくずおれる。

そして、巴はあまり声が大きくならぬように気をつけながら言い放った。

「誰が申しておるかわからぬとたかをくくっての暴言であろうが、私は夜目《よめ》が利く。そなたの姿もよう見えておるぞ」

見えると申したが、はったりに決まっていると相手も思ったであろう。しかし、見えていないという確証はない。そして、もし、ほんとうに目撃されていたらただではすまぬ。

しばらく待ったが向こうは沈黙したままだった。姿を見せず声だけを投げてきた慎重な輩である。危ない橋は渡らぬことにしたものと思われた。

巴のほうも一か八かの策であったが、どうやらうまくいったようだ。もう大丈夫……。

巴はゆっくりと息を吐いた。いつの間にか握りしめていたこぶしが汗でぬるぬるしていることに、今さらながら気づく。

やれやれ、危ない事であった……。

巴は倒れている文太郎を座らせ、背に己のひざをあてがい両肩をつかんでうしろへ引いた。文太郎が「むーん」とうなりながら意識を取り戻す。

きょろきょろとあたりを見回している文太郎に、巴は低い声でささやいた。

「そなたが隣の船に向かって叫ぼうとしたので、やむなく気絶せしめた。急を要したとはいえ、手荒なことをしてすまぬ」

状況を思い出したらしい文太郎が一瞬はっとした表情になり、やがて顔を赤らめ頭を下げた。

「いいえ。私こそ頭に血がのぼり、とんでもないことをしでかすところでした。止めていただきありがとうございます」

数馬がつかつかとやって来た。腕組みをして、「ふん」と鼻を鳴らす。

「よくも俺の配下に手を出してくれたな。きっちり責めは負うてもらうゆえ、首を洗《あろ》うて待っておけ」

驚いた巴と文太郎は顔を見合わせたが、すぐに文太郎がそっと顔をそむけた。馬廻役にとって、数馬の言葉は絶対だったのだ。

もとはといえば数馬の暴言がきっかけなのだが……。それを数馬が認めるはずはなかった。

たとえ理由が何であろうと、一瞬でも護衛がおろそかになることは許されぬ。もしかすると数馬は、そこをついてくるのだろうか。

蟄居《ちっきょ》ののち、別式女筆頭からの降格、あるいはお役御免は避けられぬだろう。切腹や万里村家の断絶までにはならぬと思いたいが、数馬の日頃の言動が言動であるだけに、絶対とは言い切れない。

巴は数馬に嫌悪されている。憎まれていると言っても過言ではない。しかも、端午の節句に巴が盗人を捕まえたことで、それは頂点に達していると思われる。

そこへ、この事件の出来《しゅったい》。数馬がここぞとばかりに巴を追い落としにかかるのは明白だった。ひょっとすると、それを見越しての数馬の暴言だったのやもしれぬ……。

しかし、もしそうなら、数馬のことだ、もっとあからさまに表情や態度に出ていたに違いない。

それに、叫ぼうとした若い馬廻役の行動も自然なものだった。突発的に起きた出来事を、すかさず利用するということなのだろう。

数馬の異常なまでの執念深さは承知していたのだから、巴がもっと慎重に動くべきだったのかもしれない。否、それは違う。雨城藩を守るためには、ああするしか手立てはなかった。

己のしたことが誤りだとは思わぬ。数馬が事を荒立てて巴を糾弾《きゅうだん》するのなら、それはそれで仕方がない。

とにかく、今日の護衛を全うすることだ。幸いにも今の数馬とのやりとりは別式女たちには聞こえてはいない。

配下たちも動揺することなく、お役目を果たすことができるだろう。巴は立ち上がり、胸を反らせた。


三日のち、巴は目付の柴本伊織に呼び出しを受けた。川開きでの一件を数馬が申し立てたのだろう。

「馬廻役筆頭正木数馬がそなたを訴えたぞ」

「さようですか」

「驚かぬところをみると、覚悟ができておるようだな」

「正木どのに『きっちり責めは負うてもらうゆえ、首を洗うて待っておけ』と言われましたので」

「なるほどなあ。正木の訴えによると、川開きの日に屋形船の上で、そなたは馬廻役浜田文太郎を不当に気絶せしめたとのことだが」

「不当ではございませぬが、気絶せしめたのは確かにて」

「正当な理由があると申すか」

「はい。隣の船とおぼしき方角から、二回暴言が聞こえてまいりました。それに腹を立てたらしい浜田が言い返そうとしたので気絶させましてございます」

「ほう。正木はそうは申しておらなんだぞ。これはけしからぬ、暴言を吐いた輩を確かめよう、と、浜田が船べりへ走って行ったら、そなたが追いかけていき、いきなり首筋を打ったと」

「意識が戻った直後に、浜田が『頭に血がのぼり、とんでもないことをしでかすところでした。止めていただきありがとうございます』と言うておりましたが」

伊織が腕組みをし、渋い顔をする。

「ううむ。正木の訴えと食い違うておるのう」

やはりそうか。巴はくちびるをかみしめた。あのとき船べりには巴と文太郎しかいなかった。

そして、文太郎は数馬の言いなりだ。数馬が命じれば、文太郎はけっして真実を語るまい。

もうこれでは絶対責めは免れられぬ。いつの日にか、数馬が自分を陥れるかもしれないと思ってはいたが……。

向こうが手ぐすね引いているのはわかっていたゆえ、もっと用心してしかるべきであった。しかし、もし、文太郎が暴言を吐いていたら、護衛同士がけんかになり、大騒ぎになっていただろう。

お家の安泰のためには、やはりあの場ではああするしか他はなかった。別式女筆頭として正しいことをしたのだ。

数馬の奸計《かんけい》にはまったのは悔しいが、すんでしまったことを嘆いても仕方がない。そうだ。どうせ罰せられるのなら、ここは洗いざらい言うてやれ。

「私からも申し上げたき儀がございます」

「よかろう。なんなりと申せ」

巴は大きく息を吸いこみ丹田に力を込めた。

「最初の暴言が聞こえたあと、正木どのが『だから俺は別式女と一緒に護衛をするのは嫌なのだ。我ら馬廻役のみで十分。お飾りの別式女などいらぬわ』と申されたのです。それを聞いて私の配下たちの顔色が変わりましてございます。まあ、なんとかなだめはいたしましたが……。その際、馬廻役たちも、正木どのに賛同して、悔しそうな表情をしている者が増えておりました」

「なんと、聞こえてきた暴言に心穏やかでない己の配下を、さらに焚《た》きつけるような
ことを申したのか」

「はい。正木どのは常日頃思っていらっしゃることを口に出したまでなのでしょう
が、馬廻役筆頭として軽率であったことは否めませぬ」

突然、伊織が「ふふふ」と笑った。

いかぬ。これはいらぬことを申してしまった。やけになって告げ口などするのでは
なかった。

「これで証拠がそろったと思うてな」

自分でも気づかぬうちに、なにかとんでもない失言をしてしまったらしい。巴はあ
せった。

「しょ、証拠とはどういうことでしょうか」

伊織がにやりと笑う。

「正木を追い詰める証拠だ」

「えっ！」

伊織が愉快そうに笑う。

「冷静沈着で知られる別式女筆頭万里村巴でも、そのように驚くことがあるとはな。ほんに珍しいものを見た」

戯言《ざれごと》はいらぬから、きちんと説明してほしい。

「すまぬ、すまぬ。そうにらむな。実は、浜田を呼び出して話を聞いた折、正木が暴言を吐いたと申しておったのだ。三人のうち、ふたりが同じことを言うたゆえ、証拠になるということよ」

「……浜田が……申したと？」

「浜田は正木につく、そなたに不利な証言をすると、普通はそう思うであろうが、違ったのだ。正直、わしも驚いた」

「なんと……」

「浜田は、今そなたがここで話した通りのことを申した。まあ、悪い言い方をすれば、浜田は正木を売ったということになる」

「いったいなぜそんなことを……」

にわかには信じ難かった。別式女たちがそうであるように、馬廻役どうしの結束は強い。

数馬は圧倒的な力を持っていた。皆が数馬の言うことには必ず従う。数馬が「白い」と言えば、たとえカラスでも白いのだ。

それに浜田は馬廻役の中で最年少でまだ十八のはず。お役目を拝命したばかりだった。

「浜田はお徒士の家の出でな。剣の腕を見込まれ馬廻役に抜擢された。それゆえ、人一倍お役目に励んでおったらしい」

泰平の世では、出世することはなかなか難しい。落ち度で禄を減らされることはあっても、出世で加増などというのは夢のまた夢だ。

それを文太郎は、己の剣の腕ひとつで成し遂げたのである。なんとも天晴れなことであった。

巴の頭にふと、誠之助の友である磯部五郎太の顔が浮かんだ。五郎太もお徒士の子だが、弁当を持ってこれぬほど暮らしが苦しいと聞いている。

「正木に心酔していた浜田は、その正木が常に別式女のことを悪しざまに申すので、そなたらのことをようは思うておらなんだそうな」

巴は苦笑した、容易に状況が想像できたからだ。

「それゆえ、船の上で正木の暴言を聞いたあと、よけい頭に血がのぼって己を抑えることができなくなり、隣の船へ向かって言い返そうとしたと。そなたに活を入れられて意識を取り戻したとき、自分がしでかすところだった事の重大さにうち震え、止めてくれたそなたに心から感謝したそうだ」

血のにじむような努力でつかみ取ったお役目を失うところだったのだ。それどころか、己の命さえも……。

「そこへ正木がやってきて、そなたにひどいことを申した。それを聞いて、浜田はいっぺんに目が覚めた。正木様はなんというお人なのだろうとがっかりしたらしい。すると、いろんなことが腑に落ちたというか見えてきたとも言うておった。正木が浜田に厳しゅう当たるのは、鍛えてやろうと思うてのことではなく、浜田の家格が低いので馬鹿にしているからだとか、いろいろのう……」

数馬のやりそうなことだった。数馬が文太郎を侮っているからこそ、巴が不当に気絶せしめたなどという嘘の証言に、文太郎が喜んで協力するとたかをくっていたのだろう。

「自分と口裏を合わせて虚偽の証言をせよと正木に命じられたが、命の恩人であるそなたを陥れるに忍びず、わしに真のことを訴えたというわけだ」

巴は文太郎に心の中で「かたじけない」とつぶやいた。これで濡れ衣を着せられずにすむ……。そのとき、巴は不審を覚えた。

ふと頭に浮かんだことが、つい、顔に出てしまったものか。伊織が唇の端を持ち上げにまっと笑う。

「なにか思うことがあるのなら、遠慮せずともよい。申してみよ」

伊織はどこか面白がっているように感じられた。伊織を責める口調にならぬように心しなければ……。

「浜田が真のことを申していると、なぜ、最初にお話しくださらなかったのでしょうか」

「申したら、そなたは正木をかばうであろう」

「かばったりなどいたしませぬ」

「ああ、言い方が悪かったか……。争いごとを好まぬそなたのことだ、あまり事を荒立てぬようにすると思うたのだ」

巴は口をつぐんだ。

「ほれ、図星だ。浜田の証言を先に聞いておったら、そなたは別式女に対する正木の暴言をきちんと申し立てはすまい。こちらとしてはそれでは困る」

伊織は身を乗り出し、人の悪い笑顔を浮かべた。

「そなたをやけっぱちにさせて、洗いざらい告げ口をしてもらう必要があったのだ。

正木を糾弾するためにな」

なんと、そういうことだったのか……。伊織にまんまと乗せられて、べらべらしゃべってしまった自分が恥ずかしい。

「気に病むことはない。人の心を操るのが我ら目付のお役目じゃ。もっと汚い手を使う場合もあるぞ」

「正木どのに不利な証言をしたことで、馬廻役の間で、浜田の立場が悪うならねばよいのですが」

「ほれ、そなたはまたそうやって人のことばかり案じておる。少しは己の心配もいたせ」

「私は、それほど正木どのとかかわりはございませぬので」

「抜かりはない。ちゃんと手は打ってある。そなたらから聞いたとは一切申さぬ。潜入していた隠密が己の目で見、耳で聞いたということにいたす。よって、そなたも何も申しておらぬ。良いな」

「承知いたしました。……我が藩に隠密がおるのですか？」

「さあな。知らぬほうが身のためだと思うぞ」

伊織はほほ笑んだが、その目がなにか底知れぬものをたたえているように感じられたのは気のせいだろうか……。

しばらくのち、正木数馬に三十日間の逼塞《ひっそく》が申し渡された。本来ならば馬廻役筆頭をお役御免になるのが筋だが、父親である剣術指南役正木勝之進がなりふり構わずあちらこちらに頼み込んだらしい。

数馬と違って勝之進は好人物で皆に慕われてもいる。頭を下げられてむげにできなかった者が多かったのはいたしかたのないことである。

数馬が降格にならずにすんで、巴はもちろんほっとした。数馬には今まで十分恨みや妬みをかっているのだから、もうこれ以上はごめんである。

文太郎が、軽率な行動をとろうとしたことをきつく叱りおかれただけで、別段おとがめがなかったのは幸いである。巴は褒美こそ出なかったが、機転を利かせて騒ぎを未然に防いだことをおおいにほめそやされた。

しかし、なるだけ目立たぬように暮らしたい巴には、かなり迷惑だった。できることならそっとしておいてほしかったのだ。

もっとも、別式女でしかも筆頭などという役に就いているのだから、目立ちたくないなどというのは、はなから無理な話である。そんなに嫌ならやめればよいのだろうが、はたらきのない夫のせいで家計が立ちゆかぬ。

なかなか悩みの多い人生ではあった……。

4

川開きから半月のち、万里村家の面々は花火見物へ出かけた。川開きの日以外にも花火は打ち上げられている。

裕福な商人たちが金を出しているのだった。花火は一発一両もするそうだ。

一瞬で消えてしまう花火に大枚を払うことができるというのは、それだけの富を持つ表れと考えられた。かくして、多くの大店《おおだな》が競って花火を打ち上げるようになったのである。

この状況に黙っていなかったのが、大川沿いに下屋敷を持つ大名家の面々。武家の意地を見せてこちらも盛んに花火を打ち上げる。

特に豪華な花火で人気をさらったのが、御三家と仙台伊達《だて》藩。見物人が詰めかけ大賑わいとなった。

仕掛け花火に代表される商人の花火も、砲術師の腕の見せどころである武家ののろし花火も、それぞれに江戸の人々の喝采を浴びたのだった。

食いしん坊ぞろいの万里村家の今宵の楽しみのひとつは、屋台の天ぷらである。揚げ油に火がついて火事になる恐れがあるとして、家で天ぷらを揚げるのはご法度であった。

屋台の天ぷらは、とれたての新鮮な魚介にうどん粉をつけてごま油で揚げ、竹串に刺して、壺に入った天つゆをつけて食べる。ひと串四文と安価で手軽なのにおいしい、庶民に人気の食べ物だった。

言い換えると、武家が堂々と食べるのはいささかはばかられる。誠之助が道場帰りに時折買い食いをするくらいはともかく、巴などがふらりと立ち寄って食するのは、なかなか勇気がいった。

ところが、今日は夜であるし、皆が浮かれているし、まあ、いってみれば無礼講のようなものだ。武家が屋台で天ぷらを堪能しても、とがめ立てするような野暮な輩は誰もいない。

鰻、蕎麦、天ぷら、寿司、イカ焼き、水菓子、団子……あきれるほどの数の屋台が出ていて、どこもが客でごった返していた。いろいろな食べ物が混じり合った雑多なにおいが鼻腔《びこう》をくすぐる。

音次郎が急に足を止めた。

「ここだ。ここの天ぷらが一番うまい」

なぜそんなことがわかるのかと、巴は聞こうと思ったがやめておいた。どうせ音次郎のことだ、隠れて食べているに相違ない。

「俺は、まず穴子だな」

巴たちも、音次郎にならって穴子を食べることにした。こういうときは音次郎がするとおりにしていれば間違いないのだ。

揚げたて熱々の穴子の天ぷらを竹串に刺し、天つゆにくぐらせる。天つゆは、出汁と醬油を同量ずつ合わせたものだと、いつか音次郎が言っていた。

この屋台は、天つゆに大根おろしが入っている。大根の辛みが穴子の臭みを消すのにひと役かっていると思われた。

「誠之助、この大根おろしの大根はどこの産かわかるか」

「ええと……中山道板橋宿《なかせんどういたばししゅく》の北にある清水《しみず》村で作られた、清水夏大根にございましょうか」

「当たりじゃ」

音次郎が満足そうにうなずいた。

「次は、芝海老と小柱のかき揚げにいたそうか」

かき揚げは、芝海老と小柱の他に細く切った何かが入っているせいで、大変おいしくなっていた。はて、この細いものはいったい何だろう。

音次郎にたずねられた誠之助が「うーん」とうなって考え込んでいる。

「普段は火鉢であぶって食う」

誠之助が叫んだ。

「するめ！」

「よし！」

「するめか。言われてみるとそのとおりじゃのう」

かき揚げを食べながら源蔵がぶつぶつ言っている。するめを加えるという工夫に感心しながら、巴はかき揚げを味わった。

それにしても、やはり誠之助はかなりの食いしん坊だ。それが音次郎から受け継いだものだというのは明らかである。

次にイカを食べ、メゴチ、キス、車海老、そしてもう一度穴子とかき揚げ。さすがにお腹がいっぱいになった。

誠之助も巴たち大人と同じように食べたので、お腹がはちきれそうになっているのではないだろうか。

「父上、もう食べられません……」

「まあ、そうであろうな。俺はもうひとつだけ食うが、誠之助はやめておいたほうがよい」

「えっ、食べまする」

「腹も身の内じゃぞ、誠之助」

源蔵もあきれ顔である。もっとも、源蔵自身年寄りのくせに、油っこい天ぷらをたんと食したのだから、誠之助のことをとやかく言える立場ではないと思われる。

「では、やめておきます」

しぶしぶ誠之助が承知した。

「さて、それでは饅頭の天ぷらを食うとするか」

「父上！」

誠之助が悲鳴のような声をあげる。饅頭の天ぷらなどというおいしそうなものを、食べるなというほうが無理である。

「そんなに食いたければ食えばよいであろう」

巴は誠之助が腹をこわさぬかと案じたが、わりに饅頭が小ぶりだったので少しほっとした。

「うまい！」

饅頭の天ぷらをほおばった誠之助が幸せそうな笑顔になる。巴もひと口かじってみた。

あたためられた餡がとろりとして、甘みが増している。衣の食感とあいまって大変美味だった。

「やはりもうひとつ、今度は天つゆをつけて食おう」

誠之助が悲しそうな顔をする。おそらくほんとうに腹がいっぱいで、もう入らぬのだろう。

「誠之助、天つゆをつけた饅頭の天ぷら、私のをひと口食べるとよい」

誠之助の顔がぱっと輝く。ほんにこの子は食いしん坊だ……。

串に刺して天つゆにつけた饅頭を、巴は誠之助に差し出した。誠之助がひと口かじる。

「今まで食うたことのない不思議な味です。でも、うまい」

巴も食べてみた。饅頭と天つゆ、甘いとしょっぱい。妙な取り合わせだと思ったが、意外においしい。不思議にあとを引く。

これはこれでありということか。しかし、誠之助のことをとやかく言えぬ。食べ過ぎて少々胸焼けがしていた……。

さすがの誠之助も、あまりに満腹で、もう何も食べられぬとみえる。しょんぼりと屋台を眺めている姿に、巴は思わずふき出した。

たちまち誠之助が口をとがらせる。

「母上、そんなに笑わないでください。誠之助は、さっきからとても後悔しておるのですから」

「食べ過ぎてお腹でも痛いのですか」

誠之助が勢いよくかぶりを振る。

「天ぷらを、母上と半分こして食べればよかったと思うて。そうしていれば、もっと他のものが食べられたのに……」

音次郎と源蔵が愉快そうに笑う。巴も声を出して笑った。

巴は誠之助の肩を抱いた。

「そろそろ花火を見に行きましょう。しばらくたてばお腹もこなれるであろうゆえ、帰りに何か食べればよいのではないですか」

「家に持って帰るという手もあるぞ。なんでも食いたい物をわしが買うてやるから、そんな顔をするな」

巴と源蔵の言葉に、誠之助がいっぺんに元気になった。

「では、橋を渡って向こう岸へ参りましょう。誠之助は、少しでも歩いて腹を減らしたいのです」

こちらの川べりは、すでに人でいっぱいだったので、誠之助の提案を受け入れ、向こう岸へ行くことにした。橋の上が空《す》いていれば、もちろんそちらからのほうが花火はよく見える。

「戻ったほうが良いのではないか」

人に押されながら源蔵が顔をしかめる。

「父上、人の流れに逆ろうて戻るのは無理です。こうなったら、もう前に進むしかありませぬよ」

応えた音次郎が、急に前のめりになった。自らつまずいたか、うしろから押されるかしたのだろう。

誠之助がつぶされぬよう、巴は手をつなぎ、かばいながら歩を進めた。橋の上は隙間なくぎっしりと人がいて、ぎゅうぎゅうと押してくる。

「母上、歩かずとも、足を上げておれば、押されて進みますよ」

能天気にはしゃぐ誠之助を、巴は思わず叱りつけた。

「ふざけてはなりませぬ！ 気をつけねば。転んだら最後、人に踏まれて死んでしまいますよ」

誠之助が首をすくめる。巴は橋を渡るという誠之助の提案に乗ったことを後悔していた。実は、橋のたもとでやはり引き返そうかと一瞬迷ったのだが、つい、人の流れに従ってしまったのだ。

巴はちらりと横を見やった。音次郎が自分の前に源蔵を抱えるようにして歩いている。

いつもの源蔵なら、年寄り扱いするなと怒るところだ。それにそもそも、音次郎が源蔵をかばうこともない。

それだけふたりとも命の危険を感じているのだろう。巴の胸の中で不安がふくれ上がる。

案じずとも大丈夫。音次郎の太鼓腹が源蔵を守ってくれるだろう。巴はいざとなったら誠之助を背負う心づもりで歩いた。

もう花火など見えずともよい。早く橋を渡ってしまいたい……。

普通なら、橋の上が満員になったら人の流れは止まるはずだ。だが、橋のたもとからは橋の上が見えぬ。

そのため、いつまでもあとからあとから人が押し寄せて止まることができないのだろう。しかし、普通なら、前方の人々から抗議の声が上がるはずだ。

巴たちのように、向こう岸で花火を見るつもりの者もいるだろうが、橋の上で見物する者も大勢いるはずだ。その者たちは橋の上にとどまらなければ花火を見ることはかなわない。それなのに、見回したところ、立ち止まる者はいなかった。

皆、黙々と歩を進めている。もしかすると、大変なことが起きる、花火見物どころではないと思っているのやもしれぬ。

一刻も早く橋を渡ってしまおうと考えて、人々は歩き続けているのではないだろうか。

「せっかくの紀州《きしゅう》様の花火……」

誰かのため息まじりのつぶやきを耳にして、巴ははっとした。今日は豪華な花火で人気を誇る紀州家が打ち上げるのだ。

たくさんの人々が見物に詰めかけていることに納得がいった。それと同時に、後悔が巴の胸をかむ。もっとすいている日に来ればよかった……。巴はただ、誠之助と一緒に夕涼みに出かけたかっただけだったのだから。

〈ドーン〉

しまった！　花火が始まった！

これでうしろの人々は花火を見ようとあせって足を速めるに違いない。そして、前にいる者たちは、思わず足を止めたり、自然に歩みが遅くなったりしてしまうと思われる。

人の流れが停滞して、大勢が折り重なって倒れる様が頭に浮かび、巴は戦慄《せんりつ》した。誠之助の小さな手を握りしめる。

音次郎、源蔵とは、もうすっかり離れてしまっていた。どうかふたりとも無事でありますように。

「ひゃあ！　すげえ数の人だ！」

すっとんきょうな大声がしたので目を向けると、橋の欄干《らんかん》の側にひょろひょろと背の高い男がいた。年のころは二十過ぎ。

どうやらかなり酔っぱらっているらしい。体がゆらゆらゆれている。

突然、巴はうしろから強く押された。誰かが倒れでもしたのだろうか。

息をつく間もなく、さらに大きな力が加わり転びそうになる。これはいかぬ！　巴は急いで誠之助を背負った。

これならば踏み殺されることはないだろうと思った瞬間、とてつもなく大きな衝撃が巴を襲った。まわりの人々とともに、もみくちゃになりながらすごい勢いで左方向に押し流される。

大きな悲鳴や怒号があちらこちらであがった。巴は欄干につかまりながら、どうにか体を起こした。

「わあっ！」

さっきのひょろ高い男が人の波に押し出されて欄干を越え、橋から落ちるのが見えた。まわりの皆が「あっ！」と叫ぶ。

巴はとっさに懐に入れていた鎖分銅を投げた。今日は非番なので袴を着けておらず、刀も差していない。

しかし、なにかあったときのためにと、いくつかの武器は身につけている。鎖分銅は三尺（約九十センチ）から様々な長さの物があるが、別誂《べつあつら》えの巴の鎖分銅は、一丈

（約三メートル）とかなり長い。

鎖分銅は見事に男の足にからまった。見ていた者たちがどよめく。

鎖を握る巴の腕へ、たちまち男の全体重がかかった。「くっ」といううなり声が、くいしばった歯の間から漏れ出る。

巴は鎖を渾身の力を込めて引いた。そして、どうにかそれを欄干に巻き付けることに成功したのである。

肩で息をつきながら、さて、どうやって引き上げようかと思案していると、目の前に太い腕がにゅっと突き出された。

「女子には無理ですぜ。俺が引き上げます。おーい！　誰か手伝ってくれ！」

男が怒鳴ると、ふたりの男が助っ人を買ってでた。巴はほうっと息を吐いた。

男たちがささやき合うのが聞こえる。

「それにしても鎖分銅を投げて助けちまうとは、すげえ腕だぜ」

「お武家様の妻女だってのに」

「いったい何者なんでぇ？」

巴と目が合うと、男たちが愛想笑いをした。

「さあ、いいか。いくぞ！」

「よしきた！」

「せーの！」

引き上げるのは男たちに任せておいてよさそうだ。しかし、あいかわらず人々は殺到している。

これでは埒が明かぬ。人死にが出る。

文化《ぶんか》四年八月、深川八幡宮祭礼の日に起きた永代橋《えいたい》崩落の大惨事が頭をよぎり、巴はおののいた。あのときは橋が崩落したことを知らず、大勢が前へ前へと進み続けたのだという。

崩落に気づいた者は止まろうとしたが、うしろから押されてなすすべもなく、次々と川へ転落してしまった。そして、千人以上の人々が亡くなったり行方不明になったりしたと聞き及ぶ。

……そうだ！　巴は思い出した。永代橋で南町奉行所の同心が、抜き放った己の差料を振り回して驚かせ、群衆を止めたことを。

巴は大声で叫んだ。

「止まれ！　乱心者が刀を振り回しておる！　危ないぞ！　止まれ！」

続いて、きょとんとしている周りの者たちに声をかける。

「そなたらも大声で言うてくれ。皆を止めねば、このままでは押しつぶされて大勢が死ぬことになる」

永代橋での同心の一件を思い出したものか、男も女子もはっとした顔をして、口々に叫び始めた。

「止まれ！　刀を振り回してるやつがいる！」

「止まらないと斬られちまうよ！」

「死にたくなけりゃ止まれ！」

叫びの輪はどんどん広がって行った。

「てえへんだ！　人斬りだ！　止まれ！」

「止まって！　お願い！」

しばらくすると、人の動きが止まった。そして、大声が前のほうにも伝わって皆が逃げ出したらしく、目に見えて人が減った。

もう大丈夫……。ふと前方を見やると、音次郎と源蔵が手を振っているのが目に入った。

思わず巴は欄干に持たれてしゃがみこんだ。無事でよかった……。

「それっ！　あとひと息！」

「俺の手につかまれ！」

「よし！」

どすんと音がして、男たちが転がった。鎖分銅がじゃらりと音をたてる。

助かった男は、泣きながら土下座をした。

「ありがとうごぜえます！」

「おう！　助かってよかったな」

「こちらのお方にも礼を言いな」

「そうだよ。鎖分銅を投げたのはこの人なんだから」

ひょろ高い男が叫ぶ。

「ひえええっ！　お、女子っ！」

「馬鹿！　驚くより先にお礼だろうが」

男が地面に頭を擦《こす》りつけた。

「ありがとうごぜえます！」

「頭を上げよ。命が助かってなにより。それにそなたらも引き上げてくれて、ほんにありがとう」

巴がにっこり笑ったので、男たちは急にわたわたし出した。

「い、いや。滅相もねえ」

「俺たちはただ引き上げただけで」

「あ、あのう……。あなた様はどちら様ですか？」

「私の母上です！」

巴の背からおりた誠之助が、得意そうに胸を反らせた。

本書は文庫書下ろし作品です。

|著者|三國青葉　神戸市出身、お茶の水女子大学大学院理学研究科修士課程修了。2012年「朝の容花《かおばな》」で第24回日本ファンタジーノベル大賞優秀賞を受賞。『かおばな憑依帖』と改題しデビュー。著書に『かおばな剣士妖夏伝　人の恋路を邪魔する怨霊』『忍びのかすていら』『学園ゴーストバスターズ』『心花堂手習ごよみ』『学園ゴーストバスターズ　夏のおもいで』『黒猫の夜におやすみ　神戸元町レンタルキャット事件帖』など。本シリーズのほか近著に、幽霊が見える兄と聞こえる妹の物語を描いた「損料屋見鬼《けんき》控え」シリーズ、江戸の猫ボランティアが奮闘する「福猫屋」シリーズがある。

母上《ははうえ》は別式女《べつしきめ》
三國青葉《みくにあおば》

講談社文庫
定価はカバーに
表示してあります

2024年９月13日第１刷発行

発行者――森田浩章
発行所――株式会社　講談社
東京都文京区音羽2-12-21　〒112-8001
電話　出版（03）5395-3510
販売（03）5395-5817
業務（03）5395-3615

KODANSHA

デザイン―菊地信義
本文データ制作―講談社デジタル製作
印刷――株式会社KPSプロダクツ
製本――株式会社国宝社

Printed in Japan

ISBN978-4-06-537001-8

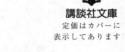

講談社文庫刊行の辞

二十一世紀の到来を目睫に望みながら、われわれはいま、人類史上かつて例を見ない巨大な転換期をむかえようとしている。

世界も、日本も、激動の予兆に対する期待とおののきを内に蔵して、未知の時代に歩み入ろうとしている。このときにあたり、創業の人野間清治の「ナショナル・エデュケイター」への志を現代に甦らせようと意図して、われわれはここに古今の文芸作品はいうまでもなく、ひろく人文・社会・自然の諸科学から東西の名著を網羅する、新しい綜合文庫の発刊を決意した。

激動の転換期はまた断絶の時代である。われわれは戦後二十五年間の出版文化のありかたへの深い反省をこめて、この断絶の時代にあえて人間的な持続を求めようとする。いたずらに浮薄な商業主義のあだ花を追い求めることなく、長期にわたって良書に生命をあたえようとつとめるところにしか、今後の出版文化の真の繁栄はあり得ないと信じるからである。

同時にわれわれはこの綜合文庫の刊行を通じて、人文・社会・自然の諸科学が、結局人間の学にほかならないことを立証しようと願っている。かつて知識とは、「汝自身を知る」ことにつきていた。現代社会の瑣末な情報の氾濫のなかから、力強い知識の源泉を掘り起し、技術文明のただなかに、生きた人間の姿を復活させること。それこそわれわれの切なる希求である。

われわれは権威に盲従せず、俗流に媚びることなく、渾然一体となって日本の「草の根」をかたちづくる若く新しい世代の人々に、心をこめてこの新しい綜合文庫をおくり届けたい。それは知識の泉であるとともに感受性のふるさとであり、もっとも有機的に組織され、社会に開かれた万人のための大学をめざしている。大方の支援と協力を衷心より切望してやまない。

一九七一年七月

野間省一

講談社文芸文庫

稲葉真弓

半島へ

解説＝木村朗子

親友の自死、元不倫相手の死、東京を離れ、志摩半島の海を臨む町に移住した私。人生の棚卸しをしながら、自然に抱かれ日々の暮らしを耕す。究極の「半島物語」。

いAD1
978-4-06-536833-6

安藤礼二

神々の闘争 折口信夫論

解説＝斎藤英喜　年譜＝著者

折口信夫は「国家」に抗する作家である——著者は冒頭こう記した。では、折口の考えた「天皇」はいかなる存在か。アジアを真に結合する原理を問う野心的評論。

あV2
978-4-06-536305-8

講談社文庫　目録

宮内悠介　偶然の聖地
宮乃崎《みやのさき》桜子《さくらこ》　綺羅《きら》の皇女《ひめみこ》(1)
宮乃崎桜子　綺羅の皇女(2)
三國青葉　損料屋見鬼《けんき》控え 1
三國青葉　損料屋見鬼控え 2
三國青葉　損料屋見鬼控え 3
三國青葉　福 猫 屋〈お佐和のねこだすけ〉
三國青葉　福 猫 屋〈お佐和のねこかし〉
三國青葉　福 猫 屋〈お佐和のねこわずらい〉
宮西真冬　誰かが見ている
宮西真冬　首 の 鎖
宮西真冬　友 達 未 遂
宮西真冬　毎日世界が生きづらい
南　杏子　希望のステージ
嶺里俊介　だいたい本当の奇妙な話
嶺里俊介　ちょっと奇妙な怖い話
溝口　敦　喰うか喰われるか〈私の山口組体験〉
村上　龍　愛と幻想のファシズム(上)(下)
村上　龍　村上龍料理小説集

村上　龍　新装版限りなく透明に近いブルー
村上　龍　新装版コインロッカー・ベイビーズ
村上　龍　歌うクジラ(上)(下)
向田邦子　新装版 眠 る 盃
向田邦子　新装版 夜中の薔薇
村上春樹　風の歌を聴け
村上春樹　1973年のピンボール
村上春樹　羊をめぐる冒険(上)(下)
村上春樹　カンガルー日和
村上春樹　回転木馬のデッド・ヒート
村上春樹　ノルウェイの森(上)(下)
村上春樹　ダンス・ダンス・ダンス(上)(下)
村上春樹　遠 い 太 鼓
村上春樹　国境の南、太陽の西
村上春樹　やがて哀しき外国語
村上春樹　アンダーグラウンド
村上春樹　スプートニクの恋人
村上春樹　アフターダーク
村上春樹・佐々木マキ 絵　羊男のクリスマス

村上春樹・佐々木マキ 絵　ふしぎな図書館
村上春樹・糸井重里　夢で会いましょう
村上春樹・文 安西水丸・絵　ふ わ ふ わ
U・K・ルグウィン 村上春樹 訳　空 飛 び 猫
U・K・ルグウィン 村上春樹 訳　帰ってきた空飛び猫
U・K・ルグウィン 村上春樹 訳　素晴らしいアレキサンダーと、空 飛 び 猫 た ち
U・K・ルグウィン 村上春樹 訳　空を駆けるジェーン
T・ファリッシュ著 B・ルート絵 村上春樹 訳　ポテト・スープが大好きな猫
村山由佳　天 翔 る
睦月影郎　密 通 妻
睦月影郎　快楽アクアリウム
向井万起男　渡る世間は「数字」だらけ
村田沙耶香　授 乳
村田沙耶香　マ ウ ス
村田沙耶香　星 が 吸 う 水
村田沙耶香　殺 人 出 産
村瀬秀信　気がつけばチェーン店ばかりでメシを食べている
村瀬秀信　それでも気がつけばチェーン店ばかりでメシを食べている
村瀬秀信　地方に行っても気がつけばチェーン店ばかりでメシを食べている

2024年6月14日現在